允执厥中

何志平 著

新华出版社

图书在版编目（CIP）数据

允执厥中 / 何志平著. -- 北京 : 新华出版社, 2016.9

ISBN 978-7-5166-2818-8

Ⅰ.①允⋯　Ⅱ.①何⋯　Ⅲ.①杂文集 – 中国 – 当代

Ⅳ.①I267.1

中国版本图书馆CIP数据核字(2016)第221788号

允执厥中

作　　者：何志平

选题策划：黄绪国　　　　　　　　**责任编辑：**段晓红

责任印制：廖成华　　　　　　　　**封面设计：**臻美书装

出版发行：新华出版社

地　　址：北京石景山区京原路8号　**邮　　编：**100040

网　　址：http://www.xinhuapub.com　http://press.xinhuanet.com

经　　销：新华书店

购书热线：010 – 63077122　　　　**中国新闻书店购书热线：**010 – 63072012

照　　排：臻美书装

印　　刷：北京凯达印务有限公司

成品尺寸：145mm × 210mm

印　　张：6.75　　　　　　　　　　**字　　数：**80千字

版　　次：2016年10月第一版　　　**印　　次：**2016年10月第一次印刷

书　　号：ISBN 978-7-5166-2818-8

定　　价：35.00元

目 录
CONTENTS

为人类"第二次文艺复兴"高歌

何志平先生的文章集《允执厥中》一书，题醒目，文精粹，好读。

尽管作者未知此书的一番苦心能否为人所知，在序言中自叹，"抑百鸟高歌硕果焉，或风雨飘零独臂乎，未可知，亦无所谓"。我说，读后掩卷沉思，不禁眼前一亮。何君何堪作此忧？细琢磨，篇篇文章，虽记载的是"我的文化人生"；声声呼喊，其实在做一件开天辟地的大事——为人类"第二次文艺复兴"高歌。

今天世界的现代化浪潮，起源于数百年前西欧历史上发生的一场持续200余年的文艺复兴运动。文艺复兴把"人"从"神"的束缚中解放出来，把生产力从封建社会的束缚中解放出来，带领西欧走出中世纪的蒙昧和黑暗，迎来了现代文明的曙光。文艺复兴是被称为"黑暗时代"的中世纪和近代的分水岭，是使欧洲摆脱腐朽的封建宗教束缚，向全世界扩张的前奏曲。文艺复兴带来的生产力解放使当代西方国家发达。

自文艺复兴以来，近代大国经济的发展，都是以工业化和城市化为基本模式，必然涉及对煤、石油和天然气等不可再生资源的大量需求，以及对市场、对资源不断扩张的需求。近代西方世界在崛起的过程中为满足这种需求，以坚船利炮、圈占土地和奴役他人来掠夺资源。这虽造就了西方世界近代以来的繁荣，也埋下了它与世界其他地区的仇恨，引起如下三个关系的"紧张"，成了生产力进一步发展必须破除的桎梏。

一是人与社会的关系紧张。文艺复兴推动了以资本主义生产方式为基础的早期现代化进程，形成了以"欧洲体系"为骨架的"世界体系"的初期形态，以世界市场为基础的现代世界体系。但这个市场体系，无疑延续了传统的帝国式殖民体系的政治结构，形成了一批殖民地、半殖民地。孙中山早前就敏锐地发现：欧洲近百年是什么文化呢？是科学的文化，是注重功利的文化，也是行霸道的文化。自欧洲的物质文明发达，霸道大行之后，世界各国的道德，便天天退步。

资本主义生产方式的资本的私人占有与生产社会化的内在矛盾，外化为世界体系的剧烈动荡乃至分裂。两次世界大战、欧洲的危机与革命、亚非拉民族解放运动反映出这个世界体系形成之初，就开始解构。二战后，这个世界体系的中心区域重新整合：从西欧到美国。同时，这个世界体系之外，崛起了一股强大的与之对抗的力量——苏联及社会主义阵营。

冷战以苏联解体告终。其结局说明，文艺复兴推动生产力发展产生的世界体系，是建立在资本运行的劳动分工和世界市场的基础上的。只要世界市场的基本结构及其运行机制仍然是资本主义生产方式主导，超越它的世界体系就建立不起来。但后冷战时代的冲突和危机也显示，随资本主义工业化而来的现代性矛盾，并未因冷战的结束而消除。以伊斯兰复兴运动为背景的伊斯兰激进主义运动，成为对抗西方世界和"现代性"的"文明冲突"，"核威慑"的恐怖，使大国之间不得不寻求相对的"核妥协"、"核均衡"。

二是人与自然的关系紧张。现代工业文明彻底打破了自然的和谐与宁静，人类成了自然的主人和敌人。人类生存的基本要素：天、地、水、空气都在遭到破坏。天——1906年至2005年全球地表平均温度上升了0.74℃。国际公认的气候变化科学评估组织IPCC发出警告，最近50年主要是由于排放二氧化碳等温室气体的浓度大幅增加，造成温室效应增强，致使全球气候变暖。地——未经无害化处理的粪便、生活垃圾、废水、有毒有害废物使生态环境日益恶化。水——局部地区水源枯竭，水源污染。空气——H7N9禽流感再次发出警号，莫名疫病正危害人类健康。

美国电影《黑客帝国》感叹："人类不是哺乳动物。因为地球上的每一种哺乳动物都会本能地发展和自然的平衡与周围环境的关系，但是人类并不这样。人类每到一处就拼命扩张，直到耗尽自然资源。人类生存的唯一出路就是扩张到新的地点。地球上只有一种生物与人类相似，那就是病毒。"这是极而言之。

三是人与人的关系紧张。当代西方社会在从"现代社会"向"后现代社会"转型的过程中，"上帝之死"带来了信仰迷茫和精神焦虑。当代中国社会在向现代化转型的过程中，也出现了某些"远离崇高"和"信仰缺失"的精神现象。现代化带来了"迷心逐物"的现代病。人失落了信仰，也就失落了对自身存在意义的终极关怀。无论社会怎么发展，无论经济怎么繁荣，如果放弃了对崇高理想信念的追求，大家都心浮气躁不思进取，心烦意乱不知所从，心高气盛欲壑难填，社会不能和谐稳定，发展又如何协调持续？

综上所述，文艺复兴虽然极大地解放了"人"，但"人"又付出了极大的代价：文艺复兴使"人"从神的束缚中被解放出来，之后人又被神化、异化。

那么，出路何在？

人类文明的交汇已走到量变到质变的临界点，人类危机呼唤人本主义在否定之否定意义上的继承和发扬。一场新的文艺复兴——新的文明复兴，已躁动于时代的母腹，呼之欲出：它要把过度膨胀的人还原为和谐的人，要建设人与自然和谐、人与社会和谐、人与人和谐的和谐世界。

中华民族实现民族复兴的伟大进程，肩负着推进一场新的文明复兴的时代使命。迎接这场并不逊色于历史上的文艺复兴的、新时代的"文艺复兴"，中国应该有所作为。

中华民族的文化传统，因应着这个时代要求。英国的历史学家汤因比说过，"避免人类自杀之路，在这点上现在各民族中具有最充分准备的，是两千年来培育了独特思维方法的中华民族。"

什么"独特思维方法"？

天人合一，允执厥中，仁者爱人，以和为贵，和而不同，众缘和合。其核心，就是"和"。"礼之用，和为贵，先王之道斯为美。"

话说到这里，何志平先生的文章集《允执厥中》一书的价值就凸显出来了。果然是"百鸟高歌硕果焉"，是一本"心在，梦在"——心忧天下，梦着未来，为人类"第二次文艺复兴"高歌的好书。

中国文化生生不息，不仅自己总是长寿，而且总在贡献人类。其历来有传承，有传人。

记得一个多世纪前，还是风雨飘摇的旧中国，胡适先生就说过，"缓慢地、平静地、然而明白无误地，中国的文艺复兴正在变成一种现实。这一复兴的结晶看起来似乎使人觉得带着西方色彩。但剥开它的表层，你就可以看出，构成这个结晶的材料，在本质上正是那个饱经风雨侵蚀而可以看得更为明白透彻的中国根底——正是那个因为接触新世界的科学、民主、文明而复活起来的人文主义与理智主义的中国。"

今天，又有一位身居现代化大城市香港的何君，把同样的意思，在《允执厥中》一书中娓娓道来。

诚如何志平先生所言：文化如水，润物悄然。大道中华，今再出发。周虽旧邦，其命惟新。

叶小文

2016 年 7 月于北京

惟精惟一，允执厥中

新华出版社出版香港何志平先生的文化史论集《允执厥中》，要我作序。

何志平先生乃香港达人，曾以医道悬壶济世，后从政，主持香港民政多年。夫人胡慧中，秀外慧中，上世纪八九十年代在银幕上叱咤风云，武功高强，除暴安良。当年，她是我的偶像，她的戏我有机会必看，是她的追星粉丝。

何志平先生身居海外，心系华夏，衷情于中华传统文明，浸润多年，含英咀华，成就此书。书中皆为其潜心研思之心得，其论说常从细微入笔，而弘扬奥旨，多有微言妙义，令人掩卷而思。例如关于复兴中华文明，何先生说：

"大国崛起，文化复兴。复兴，绝不是简单的文本回归，更不是一味的仿古临摹。世界四大古老文明，除中华文化五千年绵延不断外，其余都淹没无存。中华文化之所以流传，正因一代一代的中华儿女深悟要义精髓，进而判定自若，消融升华朝代更迭、外来文化与宗教的屡屡衍变。生活在今天的我们，21 世纪的每一个人，更应沉稳淡定，汲取现代社会的现代元素，在传统理念与现代文明的交流、碰撞中，互以借鉴，互为补偿，互而提升。"

读何志平先生此书，令人印象深刻的是他经常从独特视角阐释一些古语，从古人的哲理中悟出人生之大智慧。例如对于《尚书》"惟精惟一，允执厥中"之语，何先生论曰：

"南怀瑾话此十六字乃尧舜心传，以论天理人欲，是中华文化的精髓。但凡历史衍位、政权转换、领袖下台，皆口传心授，意欲人心危险难测，道心幽微难明，只有自身一心一意，精诚恳切秉行中正之道，方可治理好国家。"

"允执厥中"，其语出自古文本《尚书·大禹谟》："人心惟危，道心惟微，惟精惟一，允执厥中。"自汉代以下，这十六个字被认为是体现儒学精义之著名的"十六字心传"。所谓"人心惟危"，是指人心、情欲具有很多不确定性，所以人心人欲潜藏危险。

所谓"道心惟微"，"道心"乃指天地自然之心，略相当于康德所谓先验理性，黑格尔所谓绝对理性。道心是天地自然之心。道心也体现于人的天赋本性，良知、良能。道心微妙，所以需要人屏绝意欲，潜思体察。

所谓"惟精惟一"，是说领悟道心、天地之心要专精深思、专一用心。"一"就是一以贯之，不变而守一。"一"在道家称作元一即天道，修道就要抱元守一。

所谓"允执厥中"：中者正也，中道就是正义之道。允者诚也，允即诚敬，执即奉行。允执厥中，就是要诚敬地奉守正义之道。《大禹谟》者，大禹治国之谋也。总之，古文《尚书》以大禹训示的这十六字心诀，要求人克制私心私欲，体察自然理性，奉守正义。

清后期考证派儒者有人认为《大禹谟》是伪篇。但近年学术界新研究则对晚清以来的疑古学派提出质疑，且近年出土的一些新的资料也证明清儒主观考订的一些伪书未必皆伪。

何志平先生则以为，其实不必过于纠缠那些繁琐证论。以现代人之立场，这几句话重点乃是"执"。执，就是执着——"执着是勇气，是痛苦，更是福气，是痛并快乐着。倘若人生没有了执着，反倒不如不活；与其执迷不悟，不如悟而执迷！"

换句话说，执，就是坚持和坚守，是责任也是担当。时世多艰，有执者必痛苦但也是快乐。妙哉，斯言！

何志平先生论及中庸，说："不易之谓庸。"按：不易即不变，庸即永，水长曰永，源远流长也。不易之谓庸，也就是不变而为永远。而何先生发挥说："庸乃庸常之意，亦即普普通通、平平常常。""人生快活当取'中'依'庸'，又何尝不需反思律定三重境界？所谓人生之初，看山是山、看水是水，人有悟时，看山不是山、看水不是水，深层领悟生命、凸显人生成就；至人终彻悟，则看山还是山、看水还是水，任你红尘滚滚，我自清风明月！"

唐代禅宗大师青原行思指出参禅三重境界：参禅之初，看山是山，看水是水；有悟时，看山不是山，看水不是水；彻悟时候，看山仍然是山，看水仍然是水。故大乘禅宗讲究出世、入世与超世。最高境界不是避世、出世，而是身在世界而超越之。

达到超然境界谓之超世之境，这种超然已经不必刻意避世出家，即使身在俗家以至五浊恶世中，也自能超然不染，而由必然王国进入自由王国也。故一个智者之一生，也经历着三重境界，也就是说，由意欲纷纭最终还是复归于平常——以平常之心，说平常之话，做平常之人，而成就非常之业。

我窃以为，儒家修身，主张内心守中持正，做事情尽责，对人宽容，此美德曰"忠恕"，也就是中庸之道。所以孔子说："君子，中庸；小人，反中庸。"中庸者，守持中道而大度宽容也。

历史学家李学勤说："中国古代文明的历史，过去因为西方国家的种种偏见，被贬低了。更好地把中国文明发展的历史说明出来，对那些贬低中国古代文明的偏见加以纠正，这是我们历史学者的责任。"而这也正是何志平先生此书所阐述的主张。

读毕此书，我想起已故传记历史学者朱东润先生的话：

"整个的中国，不是一家一姓底事。任何人追溯到自己底祖先的时候，总会发见许多可歌可泣的事实，有的显焕一些，有的黯淡一些；但是当我们想到自己底祖先，曾经为自由而奋斗，为发展而努力，乃至为生存而流血；我们对于过去，固然看到无穷的光辉，对于将来，也必然抱着更大的期待。前进啊，每一个中华民族底儿女！"此言，或可概括何志平先生著述此书之根本宏旨。

何新

2016 年 7 月于北京

我的文化人生

阳光轧过，落下点点斑痕。

顺着斑痕，摸索中，亦或发现天地人生某些真理哲学。不曾想，音乐，医学，文化，政治，外交，兜兜转转，我的人生始终缠绕着文化，由文化人，以人化文，走过了大半。

文化即人，包罗万象，既涵括人类在科学、艺术、教育、精神生活等方面的成就，又与时代历史的过程及政治经济的影响密不可分。因而是在不断变化中构建完善，在不同的世纪年代、不同的国家地域、不同的社会团体，显现不同。文化的核心，完全落到了价值观与传承两方面。2008年，辑集为官五年的文章与讲辞，出版了《文化政策与香港传承》。当中愿望理想，公之于世，亦自我勉励。

文化如水，润物悄然。当今世界，国与国，尤其大国之间，爆发大规模冲突的几率越来越小；国际间的政治、经济、军事竞争，逐渐被更隐蔽的文化战争所遮掩；彼此的文化战略博弈，倒成了全球化时代大国竞争的最后战役。文化实力不强的国家，即使在战争中获胜，可永远无法赢得他国认同。只能成为"大国"，不能称之"强国"；只能沦为"霸道"，达不到"王道"。中华文化重起，向"东"亦是往"西"？过往几年，笔耕不辍，为中华文化复兴鼓与呼。不经不觉，累牍连篇。

我呐喊，20 世纪中国的几乎整个历史，都笼罩在五四精神有"醒"未"觉"无"悟"、"破"而不"立"的深远影响之中。鸦片战争、洋务运动、戊戌变法、辛亥革命、1919 年五四运动，乃至 1949 年新中国成立后的一系列现代化运动，无非皆是五千年中华文化饱受西方文明冲击之后，所积聚爆发的一个自我更新过程，与"苟日新，日日新，又日新"的强大生命力的与时俱进。一百六十多年了，仁人志士用生命鲜血淌过崎岖的道路，铺垫着后人自我反省的基础。我喜泣，"中华文化"，今天，再出发！

大道中华，我愿"秦时明月汉时关，梦回盛唐忆长安"，燃烧，驰骋。今次再版，增订了多篇专题论作，亦不乏对话访谈节录。冀聚己之力，启发激励有心者，一个一个，前赴后继，开悟怅然；但愿"鸣鹤在阴"，抛砖引玉，使更多后来者，发扬光大，青出于蓝胜于蓝，"扶摇而上九万里"。

人生天地间，一件事做了，目的也就达到了。风气先开，抑百鸟高歌硕果焉，或风雨飘零独臂乎，未可知，亦无所谓。

"回首向来萧瑟处，有风有雨也有晴"，千秋功过任评说，

此生已无憾！

　　心在，梦在。

　　我的文化人生。

何志平

辛卯年秋·香港

允执其中，悟而执迷

北京故宫中和殿内乾隆皇帝御笔匾曰，"允执厥中"，出自《尚书·大禹谟》载"人心惟危，道心惟微，惟精惟一，允执厥中"。

南怀瑾话此十六字乃尧舜心传，以论天理人欲，是中华文化的精髓。但凡历史衍位、政权转换、领袖下台，皆口传心授，意欲人心危险难测，道心幽微难明，只有自身一心一意，精诚恳切秉行中正之道，方可治理好国家。几千年来，文人术士褒贬不一。很多人认为，"允执厥中"，宋儒可说，士人也可说，然唯独皇帝不可说。因皇帝金口玉言，四字一出，即意味着禅位，甚至亡国。

或许恰喻人有三心，人心、道心与肉心（心脏）。人心也叫妄心、识神、秉性、习性，后来而有，思善思恶，躁动不安，人谓"心猿意马"；道心也叫良心、元神、自性、佛性，是人的天赋本性（性本善），先天而存，无形无相，

1

永恒不灭、清静无为，纯洁妙明，不易发现；肉心是器官，是人体中最重要的组织部分。允执厥中，究竟是在人心、道心与肉心的哪个位置？多数人必说，不偏不倚，中庸之道。

我说，哪个位置都不对，应该只是其中的任何一个部分。这一部分因学而异，因人而异，因地而异，因时代而异，更因心境而异，需经得起岁月考验，超乎于个人利益，摆脱出生存之本。重点不是"中"，乃"执"。执着是勇气，是痛苦，更是福气，是痛并快乐着。倘若人生没有了执着，反倒不如不活；与其执迷不悟，不如悟而执迷！

载《明报》2011 年 1 月 14 日

一字当先，记之曰"允"

母亲是客家人，勤俭节约，恪守礼仪传统。幼时与弟争食，母亲常以典籍"孔融让梨"训诫教化，尊老爱幼，礼让为先。及至长大，远渡美国，母亲又以"人心惟危，道心惟微；惟精惟一，允执厥中"赠之。一晃人生已过天命之年，此十六字终日如影随形，参悟至今。

联想当年，尧舜禹传奇故事。当尧传位予舜，舜传位给禹，代代相传的不仅是天下百姓的重任与华夏文明的火种，更重要的是谆谆嘱托传播以"心"为主题的十六个字箴言。自此，尧舜时代，鼎盛春秋。统治者以身作则，修正心灵，文明治世，教化万民；五风十雨、麦收双禾，麒麟在野、凤凰鸣山，夜不闭户、路不拾遗，从而潜移默化，造就了尧天舜日，太平盛世。《四书·中庸》载，"子曰：舜其大知也与！舜好问而好察迩言，隐恶而扬善，执其两端，用其中于民……"，足见祖辈仁德为本的聪明睿智。

"允执厥中"，允字当先。允乃信，则是平心静气、静观执守，不离自性。人生路上，人人为寻幸福安乐，或匆忙奔波，或追名逐利，大喜，大悲。到头来蓦然发觉，生活所需的外在东西实在不多，追寻的世界简单明了。树木青葱，花儿艳红，天空湛蓝，云儿洁白，狗儿温顺，行人悦色，没有大屋名车，没有红酒佳肴，有的只是这些最平凡不过的事物，与闲适的心境、清新的环境，以及心里的平安、祥和。

允，是自己对自己的承诺！

允，是自己对大地的坦然！

允，更是自己对本性的交代！

新年伊始，我能感受到天地间"允"的和谐与喜悦。衷心祈愿新的一年，每个人都可重拾这种心境，保存这种心境，看天地万物，阅世间种种，览尽人间百态。

载《明报》2011 年 1 月 21 日

传统文化之现代性

2010岁末，与几位老友茶叙。聊起近日内地两端文化事件，一则河北魏县，明文宣导"德孝治县"理念，日后干部选拔任用须提供父母德孝意见证明；二则山东、湖北教育部门三令五申，话删减后的《三字经》《弟子规》，方能举荐给学生，所谓"取其精华，去其糟粕"。

友们哗然！友甲认为，若连父母都不孝顺，何谈对国忠诚、对民负责？友乙不然，所谓家丑不可外扬，父母为子前途，常违心成全，不可信。友丙则论，国学精华理应继承，但学生无分辩能力，当中歧义或可扭曲其价值观，剔除也妥。既然学，就学最好！丁友反驳，删减版本岂可领悟全文，等于直接扼杀学生理解判断事物的能力！

我苦笑，无奈。纵观整起事件，初衷良好。皆着眼立足传统文化经典，让其服务、应用于现代社会。却因各方质疑驳斥，陷于全面被动。是考虑不周？亦或标准经不起推敲？不管本意如何，全部单一放大国学经典的价值，人为割裂了传统文化元素与现代社会的有机联系。

大国崛起，文化复兴。复兴，绝不是简单的文本回归，更不是一味的仿古临摹。世界四大古老文明，除中华文化五千年绵延不断外，其余都淹没无存。中华文化之所以流传，正因一代一代的中华儿女深悟要义精髓，进而判定自若，消融升华朝代更迭、外来文化与宗教的屡屡衍变。生活在今天的我们，21 世纪的每一个人，更应沉稳淡定，汲取现代社会的现代元素，在传统理念与现代文明的交流、碰撞中，互以借鉴，互为补偿，互而提升。

每一个人，都须学会运用五千年的传统文化价值观，来解决当今社会、生活、工作中所遇到的种种纷争与问题。亦即随着时代的发展，围绕传统文化价值观，赋予其"现代性",方如汩汩清泉,源源万世。是为,古为今用,古为活用。古老的东西、文化,倘不能活化吸收,为今人所用,不如束之高阁,供之博物馆。

若此,可谓现代性!

载《明报》2011年2月4日

中不偏，庸不易

幼时先生教授，孔子弟子三千，最杰出的圣人七十二位，第一为颜回，第二乃曾子。年长后知晓，孔子传道曾子，曾子撰作《大学》；曾子传道孔老的孙子子思（名孔伋），子思鸿篇《中庸》。

中庸者，子思笔。不偏之谓中，不易之谓庸。中者，天下之正道；庸者，天下之定理。

适逢春节，中华欢庆，埃及暴乱，想此佳句，感由心生。人活一世，家国天下，大家小家，究竟何谓"中"？一个方框，上下四方，中间直贯一竖，不偏不歪，就是"中"；"中"是最好、最易变动的位置，尽管可左摇右摆，但不至偏袒过激，最好的还是在中间。又何谓"庸"？"庸"乃庸常之意，亦即普普通通、平平常常。平庸才能长久，普通才是伟大，人生平平安安就是福。"中"与"庸"，代表人间万物海纳百川、包罗万象之中最强的立场，诠释了有容乃大的从容与气度。可谓，中了就不偏，庸了就长久！

家中静思，人之孩提时代，单纯善良。就连体味春节，也是一种全新、朝气蓬勃的感觉。无论过去多么不好，今年又是崭新的一年，一片新的天地。小孩不知天高地厚，有无尽的勇气、无穷的幻想。新的一年，可做未做过的事、试未试过的东西、走未走过的地方，甚至冒未冒过的险、闯未闯过的祸。然随着日月星移，人不再年少，再至春节，蓦然发觉原来的日新又新、勃勃待发，却是不必然的。世间问题越来越多，人生愈来愈复杂。战争祸乱，经国大事，股市狂舞，社会浮躁，群情激愤、忧虑不平、怀疑警惕，人人争强好胜、争斗不满。末了，方觉追求一生，忙碌一生，心高气傲一生，仍未达理想、原地踏步，又悔不当初、抱憾终身。

我知道，人生快活当取"中"依"庸"，又何尝不需反思律定三重境界？所谓人生之初，看山是山、看水是水，学习体会世间；人有悟时，看山不是山、看水不是水，深层领悟生命、凸显人生成就；至人终彻悟，则看山还是山、看水还是水，任你红尘滚滚，我自清风明月！

载《明报》2011 年 2 月 18 日

超然物外远尘埃

读到一段文字，"宇宙在膨胀，这让我们很高兴"，我难过极了。生活在香港，每天被极具爆炸效应的新闻所左右，几乎可以以日来计算。

人，到了没惊奇没法活的境地了。这一切，都有赖于科技手段的快速传递。我们，被资讯吸干了。同时，我们的欲望，又得到了刺激。趁乱的时候，稍稍幸灾乐祸，抑或，迷惘麻木，把关注转为被关注。

我们活在一个被判断的年代，想象力仅仅局限在事态的大小上。风云不断再起，而且将非文艺非娱乐的新闻彻底娱乐化了。房子，车子，票子，女子，我们每日被这些干净与不干净的资讯冲大，欲望像一只只随时要爆炸的气球。大概遗忘了，十年前、二十年前个个都是怎么活的。我们的生活质素降到了最低的限度，无奈地在纷乱的价值观边缘，徘徊发狂。

我们还要生活！然在纷乱的每一天，我们又沉静了几分钟？如果生命倒过来再活，我们又打算怎样来过？老君曰："大道无形，生育天地；大道无情，运行日月；大道无名，长养万物；吾不知其名，名强曰道。"放之于今天，这种境界，这种情怀，又会有怎样的思考启发？

遥想当年，孔子与学生子路、曾皙（名点）、冉有、公西华，围坐探讨人生志向与理想。子路说，"一个拥有一千辆兵车的国家，夹在大国之间，外有他国军队侵犯，内又遭遇饥荒。如果让我治理，三年时间，即可人人骁勇善战，且懂做人的道理。"冉有接着说，"一个方圆六七十里的国家，我若去治理，三年也可让百姓富足。但修明礼乐，就只有等待贤人君子了。" 孔子微笑。公西华道，"我不敢说能做什么，只愿学习。如宗庙祭祀，或诸侯会盟、朝见天子，我愿穿礼服、戴礼帽，做一个小相。"三人侃侃而谈，只有曾皙在一旁"鼓瑟希，铿尔，舍瑟而作"，对曰，"暮春者，春服既成，冠者五六人，童子六七人，浴乎沂，风乎舞雩，咏而归。"夫子终喟然叹曰，"吾与点也"。

我能感受到曾皙超然物外远尘埃的快乐。暮春时节，我们身穿五彩缤纷的春装，携友五六人，带童六七人，到沂河水中嬉戏玩耍，在风起云飘中弄舞捉影，在音乐声中欢笑归来。今之思来，我所向往的，亦是曾皙、夫子般活出自我、独享芳草的悠然！

夫子，我亦与点也！

载《明报》2011 年 3 月 4 日

凡夫不知的"道"

年龄日长，书读了不少，东方的，西方的，数不胜数。回头一看，最经得起岁月磨砺的经典，还是中国先人的古老智慧。只有它们，才可谓放之四海而皆准，是亘古不变的真理。

有时想，要是孩提时代就熟读四书五经，或许人生，会少走不少弯路。今日重提，是想温故而知新，亦同时影响每日苦背诗句、正上学的小朋友们，让他们从小就为圣贤先祖富有的思想骄傲自豪。

中国儒家鼻祖孔夫子，门下弟子三千，圣人七十二位。最为广泛流传的曾子宏篇《大学》，开篇即语，"大学之道，在明明德，在亲民，在止于至善"。当中的"明明德"、"亲民"、"止于至善"，世人称之"三纲"。为达"三纲"，当需"格物之致，意诚心正，身修家齐，国治天下平"，即"八目"。"三纲八目"，既是《大学》的精华旨趣，也是儒家垂世立教的目标所在。

　　"明明德"是"三纲八目"的基石。人一出生，上天即赋予灵明的德性。但随日月，德行或被欲望所蔽，渐失去灵明，乃至泯灭天性。为寻本性之真，必须一再修为反省，格物、致知，诚意、正心，发扬内圣。修己完成，还应将其布散群体，使个人之善泽惠及天下万民，让众人体悟大道，共浴教化，是为"亲民"，外王，即齐家、治国、平天下。"止于至善"，则是"明明德"与"亲民"合一的最高人格理想，是内圣外王、至善至美的最高境界，亦即"道"。

　　两千多年来，一代一代的中国读书人穷则独善其身、达则兼济天下，把生命的历程铺设在"道"的追求阶梯上。时至今日，仍然发挥着潜移默化的作用。南怀瑾曾说，此"道"即儒家思想的代号，尽管对于"道"的境界各人看法不同，但都离不开以人为主宰的中心。

或许，可将它理解为道之新"五行"，道、德、法、术与势。道乃天道，大自然规律；德，人性，良心；法，政策战略；术，指做法及具体执行；势，又即法，大局之审核，配合之大环境。现代社会，不管你意识是否明确，积极抑或消极，道、德、法、术、势，总或隐或显地影响你的思想。左看右看，人生旅途也不过是在这五环之中，或近或远地展开。

道，日用而不知。凡夫有道，道又在哪里？就在这里，就在你心，可是你就是不知道！

载《明报》2011 年 3 月 11 日

"需要"与"想要"

又至三月，一众老友，聚首北京，暇时喜好涮羊肉。饱餐之余，谈天论地，家事国事天下事，纵览纷纭。然而聊起中国人现今变化以及海外购物时的财大气粗、大包大揽的疯狂劲儿，甚至于沿街乞讨的妇人亦背着肮脏的 LV 包时，无不瞠目结舌、感慨连连。

一朋友哀叹说，根据有关最新的统计数字，中国奢侈品消费总额已增至 120 亿美金，全球占有率达 27.5%，一举超越美国，成为继日本之后的世界第二大奢侈品消费国。中国人，真的太有钱、太厉害了！

我默默无语，这些东西，我们真的、一定"需要"吗？

现代人为生活打拼，殚精竭虑，付出时间精力，乃至健康。大部分人为了某种理想状态中的生活水准，每月缩食少餐，徒步，挤公共汽车，或为换置更大面积的房子，车子，或积攒几个月的薪水，只为一只最新款的

Iphone 手机、LV 皮包，或一件漂亮的名牌衣衫……不知不觉中，都成了被金钱物质操纵的奴隶。

其实，生活中真正的"需要"很少，是有限的，是我们心中"想要"的东西实在太多。人之所以劳神伤骨、喜怒哀乐，皆因无穷的欲望，和太多的约束与不能受用，以至终其一生，仍无法一一满足，一辈子深陷苦海挣扎。

《金刚经》有偈曰："一切有为法，如梦幻泡影，如露亦如电，应作如是观。"佛陀认为大千世界一切瞬息万变，任何辉煌华贵都如梦幻泡影，转瞬即逝。"想要"是欲望，是心魔，是一件痛苦的事；"需要"是无所谓，是一件快乐的事。"想要"和"需要"之间仅仅是一线之隔，有时候"想要"的，往往不是真的"需要"。当然，"需要"不是罪恶，"想要"也不是罪恶。但"想要"的东西若得到了，将很快乐；但若要不到，则异常痛苦。

我们究竟"需要"东西本身，还是"想要"东西所代表的身份、财富、品位等含义象征？我们活在意志和表象的"有为"世界里，欲望蒙蔽了双眼和心灵，固执地以为这就是真实的生活。让我们擦亮心灵，放弃虚幻贪婪，认清"需要"和"想要"，珍惜该珍惜的，执着该执着的，看破该看破的，放下该放下的，亦可真正快乐、自在了。

应作如是观！

阿弥陀佛！

载《明报》2011年3月18日

"国学新视野"春季刊首发有感

3月12日，筹备已久的《国学新视野》春季刊，在北京创刊首发！

我感激莫名。一切顺利，实在得蒙诸位国学大师、专家、老师支援，既惠允担任本刊顾问，也愿意将自己的研究心得公诸同好，使本刊能够集结一篇篇金玉良言。此乃本刊之幸，读者之福。更感谢编委会同仁及中国人民大学领导、国学院的共同努力，各方合作无间，一心振兴国学，光耀中华，教化天下。

这本书名为《国学新视野》，"新"是重点。但"新"在哪里，怎样是"新"？我将它归结为"国学三新"：

第一，新的内容。今时今日，"国学热"横扫中国，方兴未艾。谈国学，是时髦，是新的话题。但我们讲国学，不单在表面形式和符号上，更重要的是传承中华文化的核心价值观，从中提炼精华旨趣，发扬光大。

第二，新的方法。中华文化博大精深，之所以五千年绵延不息，就在于随时代变迁，不同的养分日渐渗透、累积，以致活力充沛，历久常新。但尚古之外，我们更要顺应时代、与时俱进，用现代的语言、手法、主题，从创新的角度诠释传统文化精神。

第三，新的受众。文化传承，有赖新鲜血液。观乎中国传统，正是一代又一代年青人使之延续。但见现在，网路资讯，传播迅捷，众多年青人似乎对家门外的西方速食文化，更感兴趣。因此，我们重任在肩，不仅要发掘传统文化的时代意义，还应增强趣味性、包装性，吸引年青人喜闻乐见，传承英华。并为年轻的国学爱好者、研究者，搭建沟通交流平台。

《国学新视野》既有大家名作的深度阅读，也有国学之门的深入浅出，就是要兼学术研究及普及弘扬于一身。《礼记·大学》云，"苟日新，日日新，又日新。"这也是本刊的宗旨，就是要推陈出新，古为今用，继往开来，亦即传统文化新演绎、国学观念新灌输、中华文化新一代！

21世纪的竞争，是文化体系与文化体系的竞争。我真诚希望中国真正地国富民强，更期待中华文化的全面复兴。然而，漫长的复兴之路，不能单靠一本书，一群人，而是需要十三亿的中国人一步、一步地反省开拓。所谓"千里之行，始于足下"，冀盼《国学新视野》能为大家首开先河，迈开跨越性的第一步，使年轻的一代又一代，前赴后继，勇往直前！

当然，也正因为有了《国学新视野》，才有了我与一众新知旧友的欢聚一堂。各中的每一位，都代表了中国现代国学的美好明天。在中华文化走向全面复兴、中国人真正和谐文明的过程中，每一个炎黄子孙，我和你，都承担着重大的历史使命！

载《明报》2011 年 3 月 25 日

目的与方法

这几日，办公室电话此起彼伏，求购《国学新视野》者络绎不绝。

同事们喜形于色，谈话亦显轻松胆大。我略觉安慰，又一件事，总算顺利开始了。

多少年了，多少这样的事，已记不清了。反正"发扬故国传统，贯通现代世界"、"爱我中华，振我中华"，目的相同，方式方法不一而已。未做官时，想方设法去做；做了官，更不遗余力去做。香港的民政事务局，类似古代的礼部，管辖的事务包括公民社会、地区行政、文化艺术、体育娱乐及民生杂事。民政就是以赋予公民社会的方法，协助民间做好宗教祭礼、慈善事业、文化事业及自我管理，以礼仪自我约束，自我提升，是"人文化成"的工作。身为局长，我言传身教、潜移默化，不敢为天下先，功成而弗居，使百姓皆谓"我自然"。是故五年做官之功业、多年传播中华文化之努力，香港百姓视之为理所当然。今日《国学新视野》传世，亦可辨我心迹。

当然，亦有人质疑，传播中华传统文化，为什么一定要采以《国学新视野》这种阳春白雪的方式呢？完全应该以各种下里巴人的方式走入民间。但试想，古时的中国人，上至皇帝大臣，下至田间耕陌农民，皆懂三纲五常，只是学问深浅不同罢了。他们又从哪里得知？上层由鸿儒士生、古籍书典传授教导，下层由上层普及推广，布散惠及，从戏曲、评书之类的故事中得知。上有上策，下有下法，分阶层，分手段，传统文化以各种方式、点滴渗透到每个人的衣食住行、一举一动。阳春白雪也好，下里巴人亦罢，最终的目的相同足矣。

"汝惟不矜，天下莫与汝争能；汝惟不伐，天下莫与汝争功"！正如有人想做官，做官是目的；有人做官是手段，透过做官来做事；而《国学新视野》则合二为一，既是目的，也是手段，我期望在中央电视台《百家讲坛》、电影、电视剧、小说等众多文化传播方式之外，通过现代的语言、手法、主题，从创新的角度包装、诠释传统文化精神，为年轻的国学爱好者、研究者，搭建一沟通交流平台。

人生天地间，如果要做一件事，做成了，目的也就达到了。当中蕴含的理想与愿望，公之于世，因人而异，因时而异，因地而异。"回首向来萧瑟处，有风有雨也有晴"，后人如何评说，我已管不了许多，重要的是，该做的已做，对己已有交代！

载《明报》2011 年 4 月 1 日

空了，满了

　　不知道是空了，还是满了？今夜，望着朋友手中的紫砂酒令杯，心中一凛，恍惚不知所以然。

　　酒令杯，是朋友收藏的一只古时行酒令用的杯具。杯内中央站立一童子，杯底开有一小孔。童子的左手从肘腕袖口处变为水准，手掌心向上。人向杯内斟酒时，酒不能没过左手掌的背面，一旦越过，杯中酒竟瞬间消逝，全部没有了。迷惑之间，仔细查看，方觉暗中玄机。童子手背下藏一孔，正居水平线，并与杯底贯通，酒注过满，超了水平线，自然因"虹吸原理"倾泻漏空。所谓"惟德动天，无远弗届，满招损，谦受益，时乃天道"，古人巧思风雅，凡事不可贪嗔痴、不可求"满"的立身之意，此刻淋漓酣畅，尽现于杯！

　　平心静气，深深反思，一个杯能有多大？一间屋又能有多大？人生又能有多长？然世间无数人痴迷镜中花水中月，无尽追求钱权财色，不惜误了卿卿性命；亘古至今，又有多少王侯将相，在"谦"中崛起，在"满"中败落。西楚霸王项羽，一度声势浩大、威震四方，至后众叛亲离、四面楚歌、自刎乌江，败于"满"；唐太宗李世民，善思遗训、励精图治，贞观之治、名垂千古，胜在"谦"。

《易经》六十四卦中，没有一卦全好，也没有一卦全坏。只有一卦算是六爻皆吉，即"谦"卦，德性谦卑，喻为"日中则昃，月满则亏。物盛则衰，天地之常数也"。巅峰时刻，"上则，亢龙有悔"。孔颖达疏，"上九，亢阳之至，大而极盛，故曰亢龙，此自然之象。以人事言之，似圣人有龙德，上居天位，久而亢及，物极则反，故有悔也"。若位居高位而不知谦退，则盛极而衰，不免败亡之悔。

故而更多人喜欢"九五至尊"，因为进可"九六"，退则"九四"，意气风发，飞龙在天。亢龙固然有悔，但不可再上，只能往下；最适当的位置，反而不是最饱满的状态。最好的还是可退又可进。万事皆留有余地，哪怕只有一步，即可拨云见日、海阔天空。我反而更喜欢"九四"，或跃于渊、无咎，一如起跳前的弯腰，刚刚起身，一切充满慰藉，满怀憧憬，寻梦去。

　　空，即满。空是状态，满是境界；空可能是现在，满或代表未来；空是既定的，满又是怀着希望的。既空且满，已满实空；空满都是一样的"名"，同一的"道"。有了空，有了满，便有期望，也会有各种变化。一生二，二生三，三生万物。

　　这样，既是空了，也是满了！

载《明报》2011 年 4 月 8 日

民富国才强

"五一"近了，忙乎了一段，终于可以歇一下了。人累了乏了的时候最想什么？一杯茶，一杯咖啡，一段音乐，一个小眠，一刻冥想……

此时，你可能计划一段旅程；或前往某一片阳光海岸，准备日光浴后狂吞海蟹；或泡温泉，单衣试酒，吟风弄月；或飞往某一免税区，横扫一切名牌。而偏远山区农村人，或才刚刚放下农具，干完粗活脏活累活，吞几口剩饭，暂时放一放劳累，想想明天吃什么、喝什么、天会下雨么……

这是中国改革开放30年后，先富起来的一部分人，与后富、现仍在贫困线上每天消费远低于1美元的人不同的生活。2010年，中国国民生产总值（GDP）5.88万亿美元，超过日本的5.47万亿美元，居世界第二。西方媒电此起彼伏、狂轰乱炸，惊呼"中国"回来了。

英国的博彩公司甚至下注，赌中国将在 2020 年之前赶超美国，跃作全球老大。我开始反复思考一个古老命题：中国是大国，部分人富得流油，但是真正的强国吗？

中国近代为什么衰败？人类文明的 2000 多年来，中国 GDP 长居世界第一，唐宋更是极具繁华。清朝中期达到巅峰，占世界的 1/3，包括 1840 年和 1860 年两次鸦片战争，英国 GDP 才占世界 1/20。整个欧洲加起来，也比中国差得多。为什么中国不瓜分欧洲，反被欧洲瓜分了？1894 年甲午战争时，中国 GDP 还尚是日本的九倍多。为什么中国不打败日本，收回琉球，却被日本打败，丢了台湾？历史上 GDP 数量并不等于强国地位，历史上皇亲国戚富甲天下、黎民百姓一贫如洗，历史上社会分工和税收严重不均和不公，历史上国家富有百姓匮乏，国富民不强！

160多年了，中华民族的仁人志士苦苦思索，从曾国藩"洋务运动"、康有为"戊戌变法"、孙中山"辛亥革命"，到陈独秀等"五四运动"、1949年新中国建立，近30年总算有了初步答案。"十一五"规划，中国不再封闭，中国人解决温饱，GDP重新翻番，部分人先富起来；接着第二个30年，从"十二五"规划开始，走向全民小康富裕。

　　所谓"王者之道，使民富；无道之国，使国家富"、"天下可忧在民穷，天下可畏在民怨"，民是国的出发点和落脚点，国无民不立，民贫国必衰，民富国才强！

　　人常说"国富民强"，我却以为"民富国强"。只有这样，才算是大国，才称之强国！

载《明报》2011年4月15日

"复活"

复活节到了，西方人一年中祈盼重生与希望的时刻亦到了。

看到胡锦涛总书记在 2011 年博鳌论坛的开幕讲话，中国人"自强不息的奋斗精神"、"开拓进取的创新精神"、"开放包容的学习精神"与"同舟共济的团结精神"，我开心地笑了。

2007 年，胡锦涛总书记即在十七大号召弘扬中华文化，建设社会主义核心价值体系。四年过去，究竟何谓"社会主义核心价值体系"？人云亦云，众说纷纭，没有定案。今日终初见端倪，似有眉目。

转回首，1949 年新中国成立，大搞共产主义，人人向往"铁饭碗"、"大锅饭"，不事生产，结果创造的不是大同世界，乃是举国贫穷。接着邓小平大刀阔斧，改革开放、包产到户，"让一部分人先富起来"。一晃

30 年，中国越来越富有、经济越来越强大，富起来的中国人很多，但贫穷的人也依然很多，贫富悬殊巨大。富的人空虚疯狂，穷的人怨天怜命。孟子曰"不患寡而患不均"，中国富有与强大的背后潜藏着诸多问题。今春"两会"，十二五规划出台，创新规划今后数十年中国发展蓝图，希望以大视野、大胸怀、大气魄、大智慧，消除一切后遗症，实现全民富裕、全民现代化。

《周易》亦云，"天行健，君子以自强不息"（乾卦）、"地势坤，君子以厚德载物"（坤卦）。一个国家，先有物质文明的基础，才有精神文明的条件，继而实现制度文明、经济文明和政治文明。我觉得，依中国现时之丰厚国力，完全可以确保对外的公平交往，是时候复兴中华文化，是时候实现国人的精神文明。我们必须重新审视中华传统文化五千年亘古不变的核心价值观，这些，正是中华民族的精神。它可以把 56 个民族、13 亿中国人、古今历代 5000 年的中华儿女牢牢地凝聚在一起，铸成一页一页的中华历史。当中恒常的价值，历久不衰，从古至今，可解决历朝历代、不同时期出现的不同问题，并赋予现代生活的需要，即是传统文化价值的表现，也是我们要自觉自强的基础土壤，更是我们在 21 世纪重新建立的中华现代文明的核心组成部分。

我相信，这种精神，既是确立社会主义核心价值体系，也是中华民族的自我、自觉意识，更是对于中华民族和传统本体文化，从自身的转化中过渡为社会主义的新型现代文明的充分自尊与自信。

东方巨龙不仅醒了，而且开步腾飞，引领全球"龙的传人"再谱中华新篇章！

载《明报》2011 年 4 月 22 日

"中华文化"，今天再出发！

"五四"，我们聚首北京，隆重纪念的同时，也是一种重新反思和定义其现代意义的深刻阐述。

92年了，年年纪念，年年关注的重点又无外乎"民主"、"科学"与"反封建"。时至今日，21世纪，为什么中国需要的还是科学与民主，还在呼吁反封建和批判中国的旧文化传统？为什么中国还没有完全地现代化？在由"五四"所带动的92年后继发展中，中国实际解决了哪些问题，没能解决哪些问题，又引发和遇到了哪些新的问题？

第一，当代中国文化形态的重塑

两千多年来，中国GDP长居世界第一，唐宋更是极具繁华，清朝中期达到巅峰，占世界的1/3，包括1840年和1860年两次鸦片战争。1894年甲午战争时，中国

GDP是日本的五倍，1913年退为世界第二，之后被其他国家一一超越。中国人似在毫无准备的情势下，一夜之间被西方列强的坚船利炮轰开国门。巨大压力中，中国人梦醒十分，方觉国富尚不强，不得不改革自身，寻求"自强"。

在经历了李鸿章、曾国藩军事强兵的"洋务运动"、康有为政治维新的"戊戌变法"、孙中山社会改制的"辛亥革命"后，封建王朝被推翻了，可中国的"自强"仍不见端绪。于是，"自强"便走向更彻底的改革——"五四运动"。不仅学习西方技术、模仿西方政治制度，更要实现文化形态、社会制度、价值体系、意识形态的全面转变和彻底改造，即"全盘西化"，追求达至"自强"之路的最高表现。这是一个民族在特定历史契机（西方之压迫）下所起的一连串反应的最极端一环，"情绪性"、

"被动性"远多过"自觉性"。

"五四"虽以"民主与科学"为口号，但内容则完全是一场文化改革运动。否定中国一切传统文化，力求西化，欲将整个西方文化成绩移植到中国的文化土壤上；却对文化核心问题没有一般性的自觉，无法提出自觉的要求、目的和指导原则。严格地说，整个运动从一开始，就好像在无计划、无轨道、无新观念和生活秩序的状态中运行。20世纪中国的几乎整个历史，都笼罩在五四精神有"醒"未"觉"更无"悟"、"破"而不"立"的深远影响之中。

当西方的科技—工业—市场文化以及标志"现代化"的西方普世价值观全面袭来时，作为人类农业文明中杰出代表的中国传统文化、旧的价值体系，现出种种不适、落后与不协调，不得不因应时代，提倡"现代化"。到

70 年代，重新再提"工业现代化"、"农业现代化"、"国防现代化"和"科学技术现代化"的"四化"问题，实际上却是在新的历史水准和意义上，不自觉地回归到一个前于"五四"时期的问题——从中国社会外部向内部直接嫁接和移植西方现代化的成就。

随着改革的深化发展，移植的西方现代化成就与中国社会深层次的文化观念、价值体系之间的冲突愈来愈明显、愈来愈激烈。由此，再度发生了重新启蒙的自觉要求，即反对蒙昧主义的需要——"思想解放"。而正是在"思想解放"的深化基础上，80 年代中国人再次意识到"五四"精神所引起的矛盾，现代化不是简单的移植问题。现代化必须有根、有土壤。这根与土壤应当出现在中国社会文化形态重新整合和塑造的过程中。中国的现代化，应当从中国自身社会文化背景的创造性转变中，有机地、合乎逻辑地生长出来。这样现代化才有原动力，才可以持续发展。但"根"从哪里来，"土壤"何处有？

遗憾的是，90年代至今，中国人仍在"旧"被打破、"新"未成型的社会文化背景中，挣扎奋斗，脱贫奔小康，全力追求经济、政治等"硬实力"的大翻身与国家现代化的表现。纵观世界历史，各国现代化运动往往起源于文化运动。西方走向现代化的开端，是以复兴希腊罗马古代文明为基础的。没有中世纪欧洲文艺复兴、宗教改革、启蒙运动，就不会有西方的现代化运动。英国、美国、日本、加拿大、瑞士以及北欧诸国，都是例证。

所以，现代化必然首先意味着传统文化形态和文化整体设计的转变。在这种转变中，除了中华民族的本体意识外，一切都可以改造和重建。意识形态、文化精神的转变，应该走在经济、政治、社会改革的前面。只有经济、政治、文化获得持久、连续、稳定的发展，才能最终实现全面的现代化。先有物质文明基础，才有精神文明的条件，继而实现制度文明、经济文明和政治文明，现代化的原始动力才有基础，有创造性、可持续地发展下去。

近代中国文化遇到的问题，主要在于缺乏文化精神和意识形态的现代化转变，92年仍未整合塑造出一种有中国特色的科技—工业—市场文化的、新的社会文化形态。这也正是当代中国现代化改革陷于滞缓被动、中国仍富而不强的主要原因之一。

第二，社会主义核心价值体系的构建

如今，中国富了，越来越多的人与中国做生意、去中国旅游，也有越来越多的人开始对中国感到好奇。所谓文化盛则国家强，国家强则语言强。一个国家通过吸引而非强制所能发挥的影响力，即是这个国家的文化软实力。

但西方人眼中的中国文化又是什么？汉语、北京故宫、长城、苏州园林、孔子、道教、孙子兵法、兵马俑、莫高窟、唐帝国、丝绸、瓷器、京剧、少林寺、功夫、西游记、天坛、毛主席、针灸、中国烹饪，是一串串的文化符号。中华文化的精髓核心，西方人完全不知晓。

正对历史，中国传统文化在清初满族政府的统治下，已开始失去活力，种种恶劣风气逐渐养成。此时，需要一种新的文化自觉。然而"五四"运动的爆发，虽形成了一种动荡的势力，却始终并未提供正面的文化理想与人生态度。人们抛弃一切旧有规范，以示自己走向革新。

但又没有新的规范约束，只能各随喜憎、或情欲本能决定行为。整个社会风气，在混乱与无目的之中飘荡。

作为足以影响社会局势的精英分子，既不能积极引领建立一种时代的价值标准，于是人人要从"打倒什么"上面去发现自己的存在，一旦找不到战斗物件，便惶惶不知所从了。可是，"打倒"之后，又怎么样？似乎从来没人可以回答这个问题。这种"战斗精神"，一直影响到了今天。现代中国人依旧围绕车子、房子、票子、女子，与种种无尽的生活欲望，无奈地在纷乱的价值观边缘战斗徘徊，发热发狂。92年后，中国的历史好像在原地空转了一圈，中国人"富"回昨天，却无法凭借传统而维持某一限度的平稳，社会风气又危险混乱过昨天！

历史的发展令人惶恐。我以为，真正的困境在于，"五四"的西化运动似乎胜利了，但又未真正提供中国文化的新路向，并未建立一种新的社会风尚与价值观，带来了"德先生"与"赛先生"的冲突与不安，打散了传统的观念与标准，却只留下了中国人一种精神的空虚，以及具有侵害倾向的精神病态。

2007 年，胡锦涛总书记十七大号召弘扬中华文化，建设社会主义核心价值体系。今四年过去，究竟何谓"社会主义核心价值体系"？人云亦云，众说纷纭，没有定案。今天，如果我们依旧在新的历史背景下，重弹 92 前的老调，只能表明中国新一代知识精英的贫乏和无能！

21 世纪的竞争，是文化体系与文化体系的竞争。我们必须重新审视中华传统文化五千年亘古不变的核心价值观，这些，正是中华民族的精神。它可以把 56 个民族、13 亿中国人、古今历代五千年的中华儿女牢牢地凝聚在一起，铸成一页一页的中华历史。当中恒常的价值，历久不衰，从古至今，可解决历朝历代、不同时期出现的不同问题，并赋予现代生活的需要，这就是传统文化价值的表现，也是我们要自觉自强的基础土壤，更是我们在 21 世纪重新建立的中华现代文明的核心组成部分。

我相信，中国文化要走向新生，也必定要经历多次错误。而一切错误及失败，在最后的意义上，都是为后起的成功做准备。当务之急，必须重建中国人的价值观，重新找到中国的民族精神，也就是"国魂"，确立社会主义核心价值体系。这种精神，既是中华民族的自我、自觉意识，也是对于中华民族和传统本体文化，从自身的转化中过渡为社会主义的新型现代文明的充分自尊与自信。

2010 年，中国 GDP 在近百年后终赶超日本、重返世界第二！今时以中国之丰厚国力，完全可以确保对外的公平交往，我觉得是时候复兴中华文化，是时候实现国人精神文明，更是时候建立人类历史上的第二次现代化，既吸收融合西方价值，更复兴中华价值，我叫它为"双重的文艺复兴"。这是中国复兴之后，重新履行大国责任的文化角色。有了这种大时代的文化魄力与恢宏气度，中国的文化才可以重新领导世界潮流。在中华文化走向全面复兴、中国人真正和谐文明的过程中，所有的知识分子，我和你，都承担着重大的历史责任！

今年，是"辛亥革命"一百周年！想起孙中山先生在苦难乱离之际，不忘中国的文化责任："一旦我们革新中国的伟大目标得以完成，不但在我们的美丽的国家将出现新纪元的曙光，整个人类也将得以共用更为光明的前景。"

冬雪过去，"中华文化"在今天，再度整装出发！

载《明报》2011 年 4 月 29 日

"中华文化"，还看今朝！

4月30日，与中国人民大学、北京大学、清华大学及中科院等诸多专家教授，聚首北京，穿越"五四"，演绎发挥中华学子丰厚的学养、敏锐的观察和文人的热情，研讨"中华文化，今天再出发"，重新反思和定义其现代意义。

过往92年，年年纪念，年年关注的重点无外乎"民主"、"科学"与"反封建"。我以为，真正的困境在于，"五四"的西化运动，似乎胜利了，但又未真正提供中国文化的新路向、建立一种新的社会风尚与价值观，带来了"德先生"与"赛先生"的冲突与不安，打散了传统的观念与标准，却只留下了中国人一种精神的空虚与迷惘。20世纪中国的几乎整个历史，都笼罩在五四精神有"醒"未"觉"更无"悟"、"破"而不"立"的深远影响之中。

其实，我们应以更广大的目光审视"五四"！近代从鸦片战争、洋务运动、戊戌变法，到辛亥革命、1919年五四运动，直至1949年新中国成立后的一系列现代化运动，都是五千年传统中华文化饱受西方文明冲击之后，所积聚爆发的一个自我更新过程，也是中华文化"苟日新，日日新，又日新"的强大生命力的与时俱进。前人经过一百多年探索搜寻，用生命鲜血淌过崎岖的道路，也铺垫了自我反省的基础。

2010年，中国GDP在近百年后终赶超日本，重返世界第二！依今时之国力，中国完全可以确保对外的公平交往。现在，是时候复兴中华文化、实现国人精神文明吗？倘是，怎样复兴，怎样实现，怎样建立？又由何人引领、从何处开始？是政府、知识分子、社会团体，亦或人民大众；要从海外、港澳台、内陆，又或其他地方发起。如何将积聚五千年的文化力量，形成比诸西欧

"文艺复兴"的巨大洪流，进而主导人类新文明的形成，建立人类历史上的第二次现代化？但若不是，究竟要待何时？中华文化重起，向"东"还是往"西"，要走哪样的路？

没有漫谈、批判与争论，与会者立足当下、放眼未来，以一颗谦虚的心，为中国、为中华民族，找寻一条现代性的精神文明之路。这条路，可让中国真正地民富国强；这条路，可让中华民族昂首腾飞。当然，漫长的复兴之路，不能单靠一次会议，一小群人，而是需要辅以政治等综合力量的配合，以及十三亿中国人一步、一步地理解、实践、反省、觉悟。所谓"千里之行，始于足下"，重要的是迈开这关键性的第一步。在此过程中，所有的知识分子，每一个炎黄子孙，都承担着重大的历史责任！

今年，是"辛亥革命"一百周年！想起孙中山先生在苦难乱离之际，不忘中国的文化责任："一旦我们革新中国的伟大目标得以完成，不但在我们的美丽的国家将出现新纪元的曙光，整个人类也将得以共用更为光明的前景。"

　　冬雪过去，"中华文化"在今天，能否再度整装出发？

　　还看今朝！

载《明报》2011 年 5 月 6 日

尊礼崇孝

8日母亲节，我一早便起身，望望黎明天光，璀璨耀眼。屋外旷野中，飘进来阵阵花木清芬。清早的树香，甚是清奇，想必很多母亲早已醒来，拭桌备菜，急急等候儿孙返家。

不知何时起，过往含蓄的中国人，亦开始在西方节日表达中国式感恩。中国人自古重礼厚情，纵阅"二十四史"，无论春秋达意，抑或信史直述，讲得最多、最扎实的无非两个字："礼"与"孝"。由此发端衍化出的崇拜情节，各个时代说法版本不同，不断被赋予新的内容，进行改变和调整。在清代，中国社会风景最茂之时，称为"敬天法祖"。这是社会生活中最重要的精神内核，平常时节只在言语行为中体现。到了今天，词典中注明，"礼"的内容，包含礼物、礼仪及礼意。

我以为，"礼"乃人与人之间无言的契约、和谐相处的意念行为，是个人成长立世教育中最重要的部分，亦是人心的一把尺，虽无明文规定，但可奠定距离的关系，确立无形的社会共识。当中，除了父母、朋友、同窗、上下级等现实的人道层面，还有形而上的超越层面，也就是"礼"与"孝"的"道"之情怀。《大戴礼记》中曰，"礼有三本，天地者，性之本也；先祖者，类之本也；君师者，治之本也。无天地焉生？无先祖焉出？无君师焉治？三者偏亡，无安之人。故礼，上事天，下事地，宗事先祖而宠君师，是礼之三本也"。先祖君师皆是天地派生，所以，"礼""孝"，最终的祀奉亦是天地、天道和天命。

"圣人作，为礼以教人；使人以有礼，知别于禽兽"、"太上贵德，其次务施报；礼者，不可不学也"，人生天地间，是人，做人，必当尊礼崇孝。一代一代的教育，不单在学校、在父母、在书本，亦靠整个社会的教化风尚、潜移默化，更因人而异、因时而异、因地而异，东西不同，南北有差。东方讲求"天人合一"，西方强调"天人相分"。就连父母与子女之间的关系，也天差地别。中国自下而上，宣孝重孝；西方从上而下，可说全无"孝"的说法，英文单词也仅勉强拼出，父母对子女的关爱远超子女对父母的尊敬。

虽然常言"每个人生命中最真最诚的天使是自己的父母，天使终其一生舍尽全力来为自己的孩子挡风遮雨"，但无论父母有无遮风挡雨，对孩子来讲，生育之情大于一切。"孝"，是心底的感受，是真情的迸发，更是人性的根本。有心有情，每天都是母亲节！

大地，祖国，母亲！

感恩大地，感激祖国，感谢母亲！

载《明报》2011 年 5 月 13 日

修"教"易"俗"

60 年代香港社会动荡不安，气氛极差。一般入学考试，也是考考停停，人心惶惶。那时家境清贫，没有零钱买课外书。《儿童乐园》之类的少年读物，自己从未买过半本。仅有的，也是等人家看完了，过期了，要扔了，才捡来看看。《西游记》、《论语》等名著古书，亦要和小伙伴奔跑几次，方从图书馆一群人中，勉强"抢"到。

到了今天，香港霓虹璀璨、学校林立，早已跻身国际大都市，周遭的孩子们也书籍画本、各种玩物积聚成堆。然而，我们在率先进入现代化、享受时代与经济进步的同时，却让年轻一代遗忘了国民身份、忽略了中华传统文化教育。

时下政府正就德育及国民教育课程进行咨询，借通过"个人"、"家庭"、"社群"、"国家"与"世界"五大范畴，培养学生的个人价值观及对国家的身份认同，却旋即惹来香港各界争议。有人直斥反对，国民教育不能不提国家有欠理想的事务，担心变成歌功颂德和掩饰过失的"顺民教育"，又恐资源重叠，加重老师和学生压力；有人拍手叫好，认为新学科能理顺现有国民教育内容，行之有效。期望老师能在课堂带领学生讨论社会时事、政治等，透过思辨，培养独立分析能力，从而懂得分析问题、建立价值观。

我概念中，学习应博古通今，东西并用；教育亦即"洗脑"，亦是"感染"，更是把中华文化最好、最核心的价值观和理念灌输给下一代。《礼记·王治》中云，"修其教，不易其俗；齐其政，不易其宜"、"达其智，通其欲；东方曰寄，南方曰象，西方曰狄鞮，北方曰译"。"教"一本多元，虽因地而异、诸多幻象，但万变不离核心；"教"源于本愿、发自内心，不单一改变行为，而要切实改变思想。若未打动本心，一味采用强硬的制度、手段逼迫行为符合表现，不仅很难改变，结果往往适得其反。所以，只有历经接触、了解、认识的循序渐进过程，修好了"教"，表里合一，"俗"自然而然"易"。

香港多元一体，开放包容。香港人要爱护祖国，关怀同胞，协助国家走向世界，可以从个人做起，从年轻一代的教育抓起，在日常的生活里，反思"谈两制，更谈一国；谈个人，更谈社会；谈权利，更谈义务；谈自由，更谈责任；谈成就，更谈贡献"，亦更希望香港年轻一代的爱国，是修"教"易"俗"，是基于"真实"的体会、"真挚"的感情、"真心"的谅解和"真诚"的贡献！

德育与国民教育，其实就是"感情教育"、"心灵教育"！

载《明报》2011 年 5 月 20 日

会"学"尚"学"会

　　窗外，红雨瓢泼，一片黯然。望着桌上一会所再三寄发的 VIP 邀请信，倏然沉思，中国人似乎都有一个 VIP 的梦。

　　千年以来，士农工商学的排位不过进行了位次调整。身份，依旧是国人心中的幸福通行证。身份代表着地位，地位意味着排位。排位，意味着 13 多亿人中总有一部分在人挤人中被彻底否定。"学而优则仕"的主流信仰，注定了古人对饱读诗书、科举功名的崇尚，也促就了今人望子成龙、填鸭式的教育。

　　时至今日，"人有知学，则有力矣"、"知识就是力量"，仍不绝于耳。我以为，时代更迭，科技发达，资讯触手可及、信手拈来，知识日新月异。过往学校中所学，一经进入社会，蓦地发现很多已过时、没用。此时，知识已不再是力量，知识仅可谓仓库，亦或资料收藏、储存基地。

当然，人不学不知道。但，有的人"学"多了，反而更蠢了。我们需要的，是"学"会怎样去"学"，是"学"的技能与方式方法。譬如，年幼时学习骑单车，在掌握了操作技巧、熟练基本技术后，终身不忘。哪怕间中一年、二年，甚或十余年，不再触碰，然而一旦拿起，照样熟就驾轻，应对自如。所以，离开学校、老师并不可怕，可怕是一生不知怎样去"学"。

　　"学"会了"学"，还应知道怎样选择、利用。"学"会古今文化当中最好、最核心的价值观和理念，与天地间的为人处世之道，进而能够解决日常生活中的实际问题，训练自己得到过人的智慧，从而树立价值观，达至崇高境界，取得成功，做出贡献，享受光辉与更加快乐健康的人生；学会了选择、利用，就会分辨体悟，就会明白好坏、美丑、富有贫穷、幸福快乐……就会在生活实践中善于体察，善于总结，善于反省，善于切磋，从善如流，随时调整，一点即透……

古语云，"化民成俗，其必由学"、"王者建国君民，念终始典于学"，学无止境，会"学"尚"学"会！"学"是工具，会"学"，才会离开书本、突破书本、超越固有，创新创造，独辟蹊径，推动社会发展，引领人类文明进步。在我心中，"学"不单是学会知识、懂得技术，而是学会怎样去学新知识的本领。更进一步的要求，则是要学会创造新的知识。"创新"，方是"学"的最终境界。这，亦是"活到老，学到老"的真谛，更是"苟日新，日日新，又日新"的与时俱进的自我更新过程。

"学"就是如此！

载《明报》2011年5月27日

"长远"与"短浅"

　　三年前，一部耗费巨资、酝酿十年的好莱坞影片《功夫熊猫》上市，国人震撼，感慨万千；三年后《功夫熊猫2》，重出江湖，火爆之势又引无数人关注。现今尚未完全放映，很多人还没有欣赏观看，但各界亦开始吵闹，议论不休。

　　北京行为艺术家赵半狄先生怒斥，频频上访国家广电总局，并慷慨斥资，在多家报纸刊登巨幅广告，呼吁全民抵制《功夫熊猫》入国，表示该片是老美对"中国文化"的一种入侵。孔子后人、北大教授孔庆东隔空声援，撰文称好莱坞把中国的符号拿去了，还"用你的符号继续征服你"，"不仅在赚你钱，还要洗你的脑，还要征服你的心"。大众愕然，困惑，努力地想来想去，不就是一部影片吗？看，与不看，都可以！但，为什么美国人"功夫了得"，中国却没有会"功夫"

的熊猫？

我心沉重。"功夫熊猫"是动漫，但它绝不仅仅就是动漫。其实，它就是生活与现实的真实写照，是套用中国元素讲述真正美国人的故事！这，也是熊猫系列的杰出之处。那么，生活与现实本身究竟是怎样？我以为，这完全取决于个人视角，"长远"，亦或"短浅"。显然，穿越本片，现今中国人与美国人的视角，好似基本相反。假如，我们真的想了解自己，认识当前所处状态，"功夫熊猫"恰就是一面光亮而洁净的镜子。通过这面镜子，我们有幸透视，人生几何，生命需要的到底是"长远"，还是"短浅"？

现代社会，全球一体，变化快速。现代人为谋求自身发展的最大利益，不断尾随、妥协、修正，并发生改变。很多人做事，往往目光短浅，涸泽而渔，焚林而猎，不惜杀鸡取卵求"物质"，末了反而因小失大。子曰，"譬如为山，未成一篑，止，吾止也；譬如平地，虽覆一篑，进，吾往也"。人生需默默耕耘，一步一个脚印，不达目的，永不言弃，一定要往前走。在此过程中，我们必须立足当下，设定"长远"的战略规划，坚持不变的精神信念，绝不为蝇头小利，放弃自我，才能赢得"长远"的利益和发展。

十年又三年，从"功夫熊猫"，我们至少可以看到"长远"也是一种功力、一种变革与坚持，是创造的源泉与信念所在。精神代表着"长远"，物质反映了现实，拥有的未必就是必然，活化巧用才是上策。预先布局与审慎代之，理性思考与现实决断，尚是我们应深省思考的。

毕竟，"熊猫"赚钱，有十几年"长远"规划，也是花了真功夫！一向趾高气扬的"大美国主义"也知低头谦卑、采长补短、利用他国元素，我们呢？

假若一天，我们不再固步自封，学会"长远"，也可以让美国的米奇老鼠、唐老鸭亦开口讲中国人自己的故事，尚"功夫高强"，"打遍天下无敌手"！

载《明报》2011 年 6 月 3 日

端午念屈原

今年"端午"遇"芒种"，天气闷热异常。

"端午"是中国传统节日，历史悠久，始于春秋战国，迄今已有二千多年。因农历以天、干、地、支纪年、月、日和时，月份与十二地支配对，正月为寅月，五月则为午月，而"端"是"开端"、"初"的意思，故古人称初一为端一，初五为端五，五月初五则名为端午节。又因午时为阳辰，因此端午，又叫端阳。此外，还有许多别称，如重五节、五月节、天中节、沐兰节、蒲节等等。芒种，是为二十四节气中的第九个节气，预告天气开始转热。"端午"与"芒种"，恰好十九年重合一次。

提起"端午"，国人最熟识的是划龙舟、吃粽子、挂艾草菖蒲，以及纪念伟大诗人屈原。据南朝梁代吴均《续齐谐记》和南朝宗懔《荆楚岁时记》最早记载，屈原投身汨罗江后，当地百姓闻讯紧急捞救，此后逐渐发展为龙舟竞赛；百姓又唯恐江中鱼虾吃掉屈原的身体，纷纷回家拿来米团投江，避免虾兵蟹将糟蹋尸体，后来衍变为吃粽子的习俗。但屈原究竟为何而死？是忧国为民、拼死谏君王，还是怀才不遇、郁闷厌世，或是人生不济、哗宠娱众……几千年来，众说纷纭，答案不一。

年年岁岁花相似，岁岁年年人不同。今天，依旧划龙舟、吃粽子、挂艾草菖蒲的人们，似乎多已忘却了端午与屈原的关系。一切诚如唐人褚朝阳所言，"但夸端午节，谁荐屈原祠"。大多数人能记住的，或许仅仅只是一位曾经名叫"屈原"的爱国者。我以为，这是对屈原最大的误读。真实的屈原，应该既非有人批判的"沾沾于一家一姓的奴才"，亦非有人热捧的"怀抱国仇家恨的哈姆雷特"。他的骨血之中，承载的是自先古时代延续下来的中国士大夫风骨良知、与不屈不挠的精神，以及以知识学养淬炼出的对真理、文明的永恒追求。他的自沉，既是对物欲横流、功利时代的最后反抗，也是对人格独立的渴望，更是对思想自由的向往。他，真正代表着中华民族、中国传统知识分子的"心"！

但今，社会浮躁，道德沦丧。流氓阿飞胡作非为，官僚学霸口是心非，富者奢侈，贫者哀怜。教授拜金抄袭，大学生捐精、割肾求 iPad，三聚氰胺、塑化剂等数年潜伏暗战……中国人到底怎么了？那些遗忘"屈原"的人们，那些满腹经纶的读书人，"心"又在何方？

不久前，温家宝总理寄语国务院参事，"一个国家、一个民族，总要有一批忧天下、勇于担当的人，总要有一批从容淡定、冷静思考的人，总要有一批刚直不阿、敢于直言的人"。我想，这不仅是对社会英才、佼佼者的期许，更是站在国家、民族的角度，对当今所有中国知识分子天赋使命的诠释。纵然时势变迁，独立的人格与千年不变的士大夫精神，亟需一切自诩知识人的深刻反思。

"逝者如斯夫，不舍昼夜"。文人常有，风骨几多？

端午念屈原！

载《明报》2011 年 6 月 10 日

最美的人生

　　深夜，电视中几位名人，围绕香港政府要在中小学推行德育及国民教育课程，吵闹争论，兴奋异常。甲称之"洗脑课程"，乙云为"爱党教育"、"爱社会主义教育"，丙骂其与陈水扁大搞"法理台独"时"去中国化"的思路如出一辙，丁惊呼"洗脑式国民教育的功能只是供掌权者自慰"等等，令人瞠目结舌，大开眼界。

　　香港资源匮乏，最具竞争优势的是人才。人才的训练教育，更是香港数十年来最成功的表现之一。香港过半数人口都是难民，都在大陆特殊或困难时期离乡到来。不管是1945年内战辗转，还是1949年后撤退，亦或五六十年代"文化大革命"、大跃进时避难，甚至是新世纪后南下投资移民，与优秀人才输入。香港人，永远都希望子女成才，期盼他们在动荡多变的社会中，立足顶天，稳定地就业生活，拥有最美的人生。作为父母，可以给予下一代最宝贵的东西，就是"教育"。这也是父母，对挚爱子女最实在的表现与祝福。

但"教育"又是什么？世界各地，大批学者专家，成堆论述，"知识的传播"、"技能的培训"、"创意的启发"等等。更有哲学家认为，教育的基本目标是"价值观"的传授。即上一代人把自身的价值观赋予下一代，让他们长大成人后，都以父母亲的"真"为"真"、父母亲的"善"为"善"、父母亲的"美"为"美"。母亲不喜吃辣，认为辣的东西不好吃，随侍左右的儿女理所当然觉得"辣"也不是好东西；父母亲从大陆落难赴港，对共产党不满、有意见，在这个家庭长大的孩子，内心条件反射般地对共产党纠结、有情绪；父母亲的爱恨情仇、喜好厌恶，潜移默化地影响并改变着下一代。家中父母言传身教如是，学校里老师的教导亦如是。老师日日传授学生他所认同追求的"真理"与"价值观",却不管这"真理"是"理性批判的自由主义",或是"爱国不需理由的民族主义"。

明眼人忍不住了,"教育,说到底,还不就是洗脑",继承上一代的意志,传授上一代的价值观。一间校所,倘是用父母或老师们认同的价值观来传授,便是"教育";反之,不相同、不喜欢的"价值观",一股脑称为"洗脑",哪管它好坏。无外乎有人感慨哀叹,在香港推行爱国的国民教育,简直难上加难。不单要在孩子们身上下功夫,更重要的是在背后的老师、家长们头上动脑筋。

每个人都是历史洪流中的小人物。"古之君子,论撰先祖之美","明着后世,以比其身"。经济与物质的富裕,随时光荏苒可瞬间失落无踪。但精神与文化,却可一世根深在一个人的内心底处,并像基因一样相袭传，诠释影响世代修身养性、为人处事、治国齐家的传统美德。今天，香港的父亲们，您可有勇气胸襟，容许子女的价值观与己不同？若他背离反叛，您会一如既往爱如珍宝吗？

写给父亲节！

载《明报》2011 年 6 月 17 日

歌声飘过

我喜欢音乐，喜欢卜戴伦 (Bob Dylan) 的歌。17 岁初次听 "*Like a Rolling Stone*" 时，激情愤怒，无知无奈，感同身受；到 "*Mr. Tambourine Man*"，体悟更深。自此一发不可收拾，一路追踪。

身边的朋友，暇时也皆爱歌、听歌，并唱歌、珍藏各种唱片，我们一行常在聚首中，探讨一二。甲友刚刚北上回港，说内地为庆祝共产党建立九十周年，正举国热火朝天，大唱"红歌"，轮播"红剧"。他不解困惑，唱歌完全是个人喜好，应该想唱啥是啥，为何政府要主导引领？乙友忧虑担心，如此大张旗鼓，岂不是倡"左"伐"右"、重返毛泽东时代，简直是历史的倒退？丙友倒响应热烈，支持有加，认为唱出了中国人的精气神和大无畏。还引用孔子后人、北大教授孔庆东名言，"唱不唱红歌是你的自由，我们喜欢唱，你有什么资格反对人家"？几人争来辩去，面红耳赤，没有结果。

　　我虽香港人，留美学西乐，但对中国"红歌"亦青睐不陌生，时常为当中同胞抛头颅、洒热血的伟大壮举所感动，甚至落泪。"红歌"是主宰那个特殊年代的主流艺术，也是那时中国人与共产党人真实生活与革命意志的反映见证。我以为，那是一个六亿人民皆尧舜的时代，那是一个路不拾遗、夜不闭户的年代，那是一个在物质极度贫乏条件下拼命苦干之余，依然凝聚全民力量，追求高尚、纯真品德的"红色"时期。它，至少代表了中国人在长期的革命斗争和新中国发展建设中孕育而成的三种精神：一为理想奋不顾身，不怕死。从鸦片战争伊始到抗日战争，乃至内战，中国人一直为追寻建立一个自由平等的民主国家，一往无前，英勇顽强，流血牺牲，百折不挠；二为团结一心、战天斗地，不怕苦。新中国建立后，国际封锁，百废待兴，中国人自力更生、艰苦奋斗，治山治水，打出一片新天地；三为艰苦创业、无私奉献，不为己。全民上下，求志气、讲骨气，提倡牺牲个人利益、为别人帮忙，宣扬全心全意为人民服务。

今天，歌声飘过，"红歌"再次弹唱。我想，这，不仅仅是为了怀念缅怀中华儿女为国为民的精神大义，以及中国人永远打不死、压不垮的"延安"精神、民族精神，而且是对新中国建立62年来中国社会快速发展变化的对比反照与警醒，更是对现今中国人物欲横流、思想混乱的冲击批判与反思。

"有善而弗知，不明也；知而弗传，不仁也。"新时代，我们固然唱"红"怀旧，其实内心更向往羡慕曾经那个年代的那些人，满怀理想抱负，冲着目标方向，哪怕刀山火海，依然阔步前进。但怜今日，什么是与时俱进的新"红歌"，又有什么新"红歌"？明天，又唱些什么？

禅念破离梦，放旷临千仞。期盼着，新"红歌"，"像刚落地的娃，从头到脚都是新的。它生长着，像小姑娘，花枝招展的，笑着，走着；像健壮的青年，有铁一般的胳膊和腰脚，领着我们向前去……"

载《明报》2011 年 6 月 24 日

听 雨

　　这阵子，闻说欧洲天气酷热异常，教宗呼吁信众祷告，祈求下雨。幸好，香港这几天也有一阵没一阵地下着些雨，聊以解暑。只可惜，都是软软绵绵，细雨微风，无声无息。

　　小时候的雨声，稀里哗啦，惊天动地。响雷轰隆轰隆之后，一整个天上的雨水便倾泻下来，直直地打落到地面，一个劲儿往阶砖扑去。那时候，我还住在天台屋。雨点打在屋顶上，义无反顾，势若破竹。天台屋，也忙着紧紧回应。它们就这样，一整晚地你来我往，我往你来。躺在薄薄的墙身内，一切都听得清清楚楚。我简直觉得，雨，是下到我身边来了。后来，我们搬家了，一家人住在"骑楼房"里。这，是一种用玻璃窗把露台封密改建而成的房间。于是，我听到的雨声，不再是稀里哗啦的，而是咚咚声的，是雨点打在玻璃上那种锵锵的声音，像是有人在敲门一样，沉着坚定而有力。

中学时代，学校门口有百多级的阶梯。每天上学，都要拾阶而上，也算是一种体能训练。少年男儿，大家都不愿意认输。记忆中，似乎从未有人说过辛苦二字。下雨的时候，百多级楼梯上，有高高低低的雨伞，红红绿绿的雨衣，熙熙攘攘的书友。雨点打在伞布上，发出卟卟卟的声音。雨水渗着汗水，雨声大，我们谈话的嗓门更大。

18岁那年，我只身去了美国留学。在那里，我竟发现，雨声原来是寂寂的。雨点落在草地上，根本得不到半点的回应，未能产生任何共鸣。可怜的雨水，只好孤零零地顺着草叶滑下了，悄无声息，默默地融入泥土里。80年代初，我从美国返回香港，在香港中文大学执教。有一回，在大学教授宿舍内，看着屋子外面突然风雨大作，吐露港陷入一片迷濛。怅然若失、无限感伤中，情不禁想起幼时，那，别样的下雨天。也倏然惊觉，怎么雨是无声的？雨，怎么是看得见，但听不到的？后来，又搬入市区居住。在高楼大厦、车声人声的鼎沸大混杂里待久了，方才发觉，原来，我竟已听不出雨声了。莫不是，我的耳朵，出了些什么问题？

　　曾经，作为公仆的一分子，我部分时间要在地区里往复工作。有那么几次，遇上了滂沱大雨。霎那间，我冲动莫名，真想丢开雨伞，任雨拂过，凭雨点拍打，在雨水中感触徘徊。我好想听见雨水与我皮肤接触时的声音，好想感受雨点落下的冲击，还想接收雨点摩擦的重量与温度。我需要雨声，还要雨水；我要听得到、看得见，还要抓得着。仿佛，只有这样，雨，才能给我那么一点的实在感。毕竟，人是老了。

听雨的日子，渐行渐远。

我怀念听雨的日子，及一起听雨的人。

这会儿，又下雨了。

载《明报》2011 年 7 月 1 日

心若在，梦就在

内地"郭美美"风波至今，已有一段时间了。

有人说，郭美美是"卧底"，算是中国网路反腐的标志性人物。想来，大多数人必然认同。没有她一直炫富上传的豪华别墅、Hermes皮包、MASARATI跑车、德国纯种马、保镖头等舱、中国红十字会等图片，长期为高房价物价心烦意乱的广大老百姓，断不会突然聚焦一位年仅二十、长相普通的女孩。她的幕后，究竟掩藏着什么？权力，腐败，慈善……

虽然中国红十字会已经报案，可含糊其词的澄清、气势汹汹的恐吓，使大众的愤怒一路暴涨，口诛笔伐，一发不可收拾。其实，"郭美美"风波，也并不偶然。类似中国红十字会这样的官方慈善组织，每年都会收到大笔大笔的捐款。尤其逢遇巨大的天灾人祸，海内外各界资助更犹如雪花海潮般，源源涌入。但捐款去向如何，每一笔款项是否如期、如数到达需要人的口袋？长久以来，没有任何一个管道或机构，可以向公众与捐助人公示交代，透明账目明细。我身边很多朋友，都在思考、讨论、质疑这个问题。很多人多年也因此，宁愿不辞辛苦、长途跋涉，也要亲赴辗转一线，只为绕开官方机构的层层盘剥扣压。

我以为，一个社会当中，公民对慈善事业的热情与捐助，是民心向背的反映，也是归属感的象征。当下，中国应对社会慈善事业反省检讨，有新的思考和认识。并大刀阔斧、扫除毒瘤，改变以往政府保障福利式的大包大揽，逐步向依赖社会民间力量为主的形式发展过渡。我曾任民政事务局长，主管香港社团事务多年。根据香港成功经验，社会慈善事业只应是民间行动，而不是政府行为。发展社会慈善事业，政府的角色，是充分提供一个全面性、全民性的社会福利保障系统，是担当完备法律规章制度的制定者与捍卫者，全面监督从事慈善事业的社会企业、团体与机构，保障捐款者与受助人的利益。两者之间可以互相配合、互为补充，但又绝无关联性。从而，调动一切资源，携手促进社会的稳定和谐。

《礼记》名言，"为政在人，取人以身，修身以道，修道以仁"。我们要痛定思痛，重塑、传播社会慈善事业的正面形象，并遵循"五是"与"五不是"原则：社会慈善事业是"社会投资"，不是"赚钱生意"；社会慈善事业是"救济式福利"，不是"权利式保障"；社会慈善事业是"配合"政府政策，不是"对立"政府；社会慈善事业是救济"小众"，不是平衡"大众"；社会慈善事业是"阳光操作"，不是"黑箱作业"。

这，是国家惟和、长远和谐发展、人民安居乐业的大计，也是中国自古以人为本的传统，更符合中国现代社会发展的需要。若每人都有心有力，中国社会慈善事业定可由繁华而寂寥，由杂乱而纯净，进入新的轨道。

　　心若在，梦就在！

载《明报》2011 年 7 月 8 日

重读孙中山

12日，骄阳酷暑，与来自海峡两岸四地的150多名大学青年，值"辛亥革命"一百周年之际，走进武汉，觅访遗址，重读孙中山，体味其革命理想与执着。

一众人，排列在"武昌起义"纪念馆中山先生雕像前祭拜，缅怀追思。中山先生作为举世公认的"伟大革命先行者"与"国父"，在大陆、香港、台湾乃至国外，拥有众多形态不一、用材不同的塑像。但大部分呈现的皆是壮年孙中山，须髯胡子，深邃目光，身着帅气西装，亦或笔挺中山装。恐众人心中，这种盎然意气形象才是神圣仰望的领袖豪杰风采。然此尊雕像，独是特别。迥异之处，任你心中一懔，震颤不知所以然。

雕塑家笔下，中山先生长袍马褂，双手自然下垂，脱帽执之右，巍然远眺，可面容异常肃穆沉重，凝目中亦饱含忧虑。1911年10月10日，武昌革命党成功打响起义第一枪，顺利推翻满清政府。应该说，"武昌起义"是中华民国肇建的历史性开端，此时，此刻，中山先生理应畅怀一笑、庆祝恭贺，为何仍忧心忡忡、闷闷不乐？

具象中山先生一生，终身致力于维护国家共和民主之制度，反对军阀独裁，为民生艰难而叹息，为中华之崛起而奋斗，辗转天下，奔走四方。在16年内，共发动了11次革命。由1895年策划并发动第一次的广州起义，到1900年的惠州起义，1907年的黄岗、七女湖、安庆、镇南关起义，1908年钦州、河口起义，1910年的新军起义，以至1911年黄花岗起义，先后十次，全部均以失败告终，直至"武昌起义"。虽然后来，他亦撰文赞曰"武汉首义，天人合同，四方向风，海隅景同，遂定长江，淹有河淮"（《谒明太祖陵文》)，但又形容"诸烈士血战捐躯，其死义最烈"。革命胜利，中山先生郁闷情怀，想来必是心系中华未来的发展治理。他，调查战绩，凭吊忠魂；他，伤痛瓦砾，督促建筑；他，哀念流离，抚恤疮痍；他，愿见天下为公！

中山先生身处的年代，是颠沛荒乱的年代，但也是思想开放、充满知识活力与宏大愿望的年代。国族的自主、国土的统一，固然是中山先生的革命目标，但他的愿望是博爱、大同世界。今天，和平稳定，物质充盈，又有几人"为理想而执着，因理想而无所畏惧"？如先生般，有刑场上的毫无惧意？威逼利诱时的云淡风轻？腥风血雨下的不改其志？亦余心之所善兮，虽九死其尤未悔的豪迈？

《礼记》名言，"道得众则得国，失众则失国"、"君子有大道，忠信得之，骄泰失之"。百年辛亥，百年复兴，一百年了，我们向着民有、民治、民享的目标发展了几步？民众要参与公共生活、要有公共精神、公共道德的理想，又走了多远？

仰望雕像，不知何时一只鸟儿，落在顶上。可是中山先生听到我们的殷殷呼唤，飞来一见？耳边恍惚响起，"一旦我们革新中国的伟大目标得以完成，不但在我们的美丽的国家将会出现新纪元的曙光，整个人类也将得以共用更为光明的前景"……

重读孙中山！

载《明报》2011 年 7 月 15 日

八九点钟的太阳

姚明退役的消息传了好多天，大家的心牵挂着如中国红般的火箭 NBA 的一举一动。20 日下午，终于尘埃落定。那个曾经伴随无数中国球迷成长的巨人，真得要离开了。

我不算一个忠实的球迷。相对于身边从乔丹时代就开始狂热喜爱 NBA 的朋友们，我竟记不清第一次观看 NBA 比赛时的感觉了。或许，因为年龄；或者，当时正痴迷其他；也或者，NBA 之中并没有我真正关心的人与事。现在想来，可能更多的情绪，纠结于一众篮球明星中，从没有一个中国人。直至后来加入政府，亦主管体育事务，关心面越广，聚集的细节越多，倾注的心思也越加浓厚。

传奇姚明，从 2002 年开始。那时，正值 NBA 最为鼎盛的年代。科比、奥尼尔、AI、麦蒂、邓肯、加内特、韦伯、卡特……所有的球星，意气风发。22岁的姚明奔赴休斯敦，以"状元"身份登陆 NBA。一时间，举国鼎沸，全球震动。虽然姚明只是 NBA 众多的外籍"状元"之一，但其他人在引进之前，全部接受过美国篮球界的熏陶。姚明，是第一个没有美国篮球背景的 NBA"状元"。可以说，姚明在被选中的那一刻，已经开创了先例，造就了历史。NBA 的发展史记中，已然镌刻了"中国姚明"的名字。此后 9 年，姚明不负众望，惊喜连连，成为一个场均 20+10 的怪兽、22 连胜、季后赛突破首轮、暴扣加索尔、大帽詹姆斯……

我心伤感遗憾。唐代陈子昂"感时思报国，拔剑起蒿莱"、"念天地之悠悠，独怆然而涕下"，今日姚明，伤疾别赛场。他的离开，不仅仅是中国篮球一个时代的终结，而且是曾经一代球迷青春的终结，更是一段记忆的终结。不管怎样，姚明，都是这个时代当之无愧的英雄。他，给了众人这辈子值得回味的一段时光。这段时光，每分每秒，让人留恋不舍。他，让我感受到中国人的自信、骄傲，也即中华儿女自强不息的精神，创意十足，各自精彩。他，更让我看到青年栋梁的美好希望与中华民族的光辉未来！

记得有一位中国伟人说过，"世界是你们的，也是我们的，但是归根结底是你们的。你们青年人朝气蓬勃，正在兴旺时期，好像早晨八九点钟的太阳。希望在你们身上，世界是属于你们的，中国的前途是属于你们的……"

青年人，都是中华民族的初生太阳。然而近代中国，苦难深重，无法和平建设，至今很多方面仍不如外国。这，都是历史累积在起作用。我们的青年，要积极面对人生，迎接机遇与挑战；更需要无比的谦虚与韧力，要埋头苦干；更要放眼世界、理解世界，以建设国家。为着凌云壮志，为民族，为中国，为世界，发光发热。

其实，爱国报国，也有很多种方式！

姚明，为你喝彩！

载《明报》2011 年 7 月 22 日

作家与“作家”

　　一年一度的“香港书展”开幕，人潮如流，书籍泛滥。左一个“作家”，右一个“作家”，让你眼花缭乱。

　　我竟愚钝，不知几时起，“作家”，变成一个经常被大家沿用而又很经典的称谓。朋友说，现代社会，“作家”犹如废纸漫天飞舞，一文不值。大家早套用一个比喻描绘，假若某城市中有一广告板坠落，造成十人伤亡，那被砸死的人中，至少有八人，头衔备注“作家”。另外两人，一个应是文学青年，另一个或许就是对文坛失望隐退的老前辈了。并笑侃流行语，“这年头，作家摇唇鼓舌，四处赚钱，越来越像商人；商人现身讲坛，著书立说，越来越像作家……”

　　我不明白，为何过往看似神圣的称谓，如今会负笈骂名、累名？作家，何谓作家？

　　词典中注释，作家是以写作为业，从事文学创作有成就、写出好文章的人。同时，作家是一个国家文化、学术的支撑体，也是理性、良知的代表；不仅仅是指那些会"作文章的专家"，更大程度上还包涵"以文作事"；既关注个体生命世界的丰富性，亦关注人类的命运和生活，在创作中体现人格和心灵的高层次追求、作用与价值。"作文"固然重要，但文中未必有事。所以，为文者多，为事者甚少。称得上作家的，如鲁迅、冰心、巴金等等，不是很多。当然，赶在本届书展出书的李敖，也算一个。

鲁迅，毛泽东推崇他，一有政治的远见，用显微镜和望远镜观察社会，看得远、看得真；二有斗争精神，看清了政治方向，就向着一个目标奋勇地斗争下去，决不中途投降妥协；三有牺牲精神，不畏惧一切威胁、利诱与残害，不避锋芒地把钢刀一样的笔刺向所憎恨的一切。并称颂"鲁迅在中国的价值，算是'中国的第一等圣人'"。李敖，以犀利笔锋的文字狂妄，行走两岸四地，"无人不骂、无书不读、无字不写、无人不告"，成了一名特殊地区文化斗士的杰出代表，也成就了一个时代文人气质的象征。鲁迅，李敖，称为作家；"80后美女"、"明星演员"、"富贾名流"，也封之"作家"。作家与"作家"，到底有多远？作家与"作家"，究竟怎辨别？

孔夫子曰，"居之无倦，行之以忠"、"博学于文，约之以礼"。一个真正的作家，是不需要添加任何修饰语言的，也不是阿猫阿狗出了一本书，就可摇身速变的。作家就是作家，容不得半点的矫揉造作。

不过，说到底，作家，只是一个标签、名称。或许我老了，也或者我正幼稚，尚存有一份年轻、固执，大家想叫什么，就是什么吧。反正，人在做，天在看。可能这个世界，做人的标准降低了；也可能经济时代，社会的水准变低了。想起来，未免心灰意也冷。

今天，倘鲁迅还在人间，肯定又得写大段大段的"像标枪、像匕首"一样的檄文，来笔伐这个世界和那群"作家"们了！或在内地大城市，如北京、上海、西安，敢大言不惭、自封"作家"的，也必遭声讨封杀。但在香港，这一无标准、无理想的弹丸之地，"无法也无天"，你爱干啥便是啥。也无怪乎，满地自诩为"政治家"、"专家"，甚至"科学家"、"文学家"的了。

载《明报》2011 年 7 月 29 日

海图腾

熟识我的朋友都知道，我喜欢海，沉迷它的味道与声音。

前几日在京遇到了学者戴旭，一位同样痴恋海的人。聊起海，竟不约而同有着共同的观感，中华民族不懂海。因为游戏海、轻蔑海、疏远海、畏惧海，与海隔绝，中国错过人类社会发展进程中整整一个阶段，一个从近代到现代的阶段。时至今日，中国最多的外交烦恼，几乎全部与海有关。

海之上，国有殇。戴旭说，由于远离海洋蜗居黄土，中国的政治、经济和军事，中国人的文化和思想，无一不带着黄黄的土色。中国一直试图在那一小片黄土里，找寻"现代化的奇迹"，殊不知没有强大海军的国家，意味着失去整个世界。近代中国，正是衰落在海里。

我心间倏然浮起丝丝无法释怀的沉重。海洋，一个与外太空相类似的神秘领域，无形无状，无国无界。既埋藏着人类渴望得到的石油、天然气、矿产和生物等珍贵天然资源，也可协助毗临的城市近水楼台，发展渔业、盐业及海上贸易、交通运输等。同时，海洋下方更是一块将世界各国相连的大陆，谁成功抢占海洋，即将海洋底下的大陆一并夺得，国土面积增加，自然为该国的国防和军事行动提供更有利的条件。没有海洋，可谓就没有未来。近代东西方对海的态度，决定了各自的兴衰，也主要体现为民族性与"人"的不同。

在中国历史上，一直有着三种民族性，一是狼性，狼图腾，以北方游牧文化为主；二是羊性，羊图腾，以中原农耕文化为主；三是鲨性，海图腾，以南方捕捞打鱼为生文化为主。学者们多对狼性与羊性，讨论有加，但对鲨性，提之甚少。南方，尤其沿海一带，人口少，靠海近，人如海鲨，见血跟踪；海域无界，无边无际更无国，鱼在哪，人就到哪；大海浩瀚，一人孤独，故结羽朋党，聚集打拼，剽悍进取。如温州人、广东人、福建人，孙中山、洪秀全，以及清嘉庆十二年（公元1807年）的香港海盗张保仔，雄霸海上，叱咤风云，抗击英国，独当一面。即使清廷多次联合外国新式轮船，亦始终无法剿灭攻克。后被招降纳安分散，以至清廷再受外来海上军事挑衅时，竟束手无策，土崩瓦解。

应该说，西方民族，也靠海，农业不占绝对优势，不能自给自足，必须走出去，打出去，拿回来，再走出去，循环往复不息，产生无数的"海鲨"与"海盗"。民族存在决定民族性格，民族性格又决定民族命运。这是西方后来居上并冲到世界最前列的主观原因。而拥有强大的"海盗"力量，也是大国崛起的前提条件之一。"海盗"不仅是拓殖扩张的先驱，也成为引领海军以"反海盗"名义而进一步拓殖扩张的借口。

可惜的是，近代中国奉行"忠告而善道之，不可则止，毋自辱焉"、"君子以文会友，以友辅仁"，是一个从心底藐视、谴责扩张的国家和民族，反丢失错过了很多机会。

今天，又有多少的"海鲨"，可以冲向海、征服海、驾驭海，海国一体，人海一体，以海的精神、海的气魄，冲刷世界？

载《明报》2011年8月5日

此情可待

　　生在海边的我，与内陆草原接触的机会很少。时常在梦中纵马驰骋，感受呼啸的风和那悠远的长调、满目的碧绿。我以为，这就是草原生活。

　　朋友笑道，现在的草原人早已骑摩托、开汽车、住砖房、用电饭煲、种地牧草，奔向农业现代化了。过往生活，只是一种念想，一种依恋不舍的情怀。不过，在中原好似最忌怀旧，因为一旦提起，无形中就扯到了农耕、封建、专制和"大锅饭"了。

　　我亦想起，专家学者们持续了近一个世纪的争论。"中国病"是"羊病"，病根就在于华夏农耕和农耕性格。自古世居中原的大汉民族，生活在世界上最适合农业发展、最大的"两河"流域，长江黄河流域，日出而作，日落而息，自给自足，丰盈安逸。自然环境优越，生活条件良好，文化事业发达，人则依恋故土、不慕异地，世世代代面朝黄土背朝天，倍感土地恩泽。他们，坚持不懈、耕耘劳作，既具备坚韧不拔、吃苦耐劳的进取精神，又有忠贞、礼让、仁爱的交往态度和严谨细腻的思维方式。可谓，既有勤劳朴实、内向的民族性格，也有知足、安分、守一的心理习性。但同时，亦造就了自身文化的稳固性、封闭性和排他性。他们，普遍向往"三十亩地一头牛，老婆孩子热炕头"，希望周而复始的生活不会有任何的风险和变故，保本不失去、防御性强，没有对外拓展鸿图的欲望与意识。所以，华夏农耕文明与社会中，永远只有内耗、内战和内部阶级斗争，重内治，没有更深层、更广泛、更残酷激烈的生存压力与竞争。

漫漫 2000 多年世界历史，华夏农耕文明无意中领先了 1800 多年，及至近代 200 年，蓦然跌落谷底。为什么日本那蕞尔小邦，曾经的西方和中国海盗们的进贡者,胆敢啸聚哄抢中国?为什么中国人耻为"强盗"、"海盗"的西方羸弱、贫困国家,一跃成为世界超级大国?为什么这种"强盗精神"、"海盗精神"不仅摧垮了罗马奴隶制度和中世纪黑暗专制的封建制度,开拓了巨大的海外市场和领地,且不断向海洋、宇宙进发,争取更巨大、更富饶、更辽阔的"空海一体"领域?当中原因,引人深思。这,是一个以"狼性"、"鲨性"为基础的民族,一种在世界史上不停奋进、并仍在现代世界高歌猛进的开拓进取精神。但中国人从来如此,至今如此,仍挤在那一小撮黄土地里,折腰刨寻"现代化的奇迹",耗竭了仅有的资源以及人的智慧和耐力。没有几个人,可去真正思考民族未来的问题,只想守住眼前、满足脚下。中国人常说"居安思危",这些"强盗"、"海盗"们却都"居安思伟"!截然不同的规划,注定了迥异的发展与变化。

子曰,"苟有用我者,期月而已可也,三年有成"、"善人为邦百年,亦可胜残去杀矣",这难道就是中国人的本性和宿命?难怪有人疾呼,我们也许真的不是一个可以担当全人类使命的民族,至少历史中是这样。甚至,对于其他历史天赋机遇,也视而不见。我们只知道,军队从来都是用来保家卫国的。

我心痛欲裂,不愿再想。一片恍惚间,仿佛坠落时光,走过了千年万年,在无际的草原上随风飘荡。忽见汉武大帝,铁骑马踏匈奴,黄沙漫卷;一代天骄成吉思汗,策马扬鞭,纵横欧亚……

哦,此情可待!

载《明报》2011 年 8 月 12 日

今天"老子再化胡"

　　酷夏在京几日，发现内地电视台最喜暑期轮放经典名著改编的电视剧。乍一打听，像83版《西游记》，竟连续播映近三十年，足足影响了几代年轻人。

　　今年亦是。那日午间，候友之余，看孙悟空大战二郎神。太上老君持金刚琢对观音菩萨说：这兵器，乃锟钢抟炼，被我将还丹点成，养就一身灵气，善能变化，水火不侵，又能套诸物。当年过函关，化胡为佛，甚是亏它，早晚最可防身。

　　"化胡为佛"？瞬间，"老子化胡"传说又涌上心头。某年，某月，某日，老君的人间七十二化身之一，老子，骑青牛出关，到了印度，遇释迦牟尼求教。老子点化二三，释迦牟尼终开悟得道，成为了佛祖。后来，有作《老子化胡经》。但各国学者争论不休。有人说，此书固为西晋道士王浮所伪造，可"老子化胡"传说却不自王浮始。

不管怎样，作为中外文化交融产物的"老子化胡"传说，无形中反映出了中外文化早期传播方式上的某些特点与发展。

至少，中外文化交合，古已有之。反观今日，在核威慑的危机共振平衡背景下，国与国之间，尤其是大国间爆发大规模冲突的几率越来越小；国际间的政治、经济、军事等竞争正显现为文化竞争，已逐渐被更隐蔽的国家"软实力"战争所遮掩；彼此的文化战略博弈、文化"软实力"的输出，倒成了全球化时代的一大图景。

应该说，西方人很早就意识到文化战争的意义。英国在创"日不落帝国"之时，已将文化、语言、价值观、生活方式，甚至文学艺术，渗透到了其势力所及的每一个角落，迄今英语仍是许多国家的官方语言。"文化扩张"，无疑是英国政治扩张的重要支柱。法国从路易十三时代起，则将"文化称霸"与"国家称霸"等量齐观。美国自冷战后也将文化视为征服他国的重要手段，利用新闻媒介、电影娱乐、科技网路等方面优势，寓"文化输出"与"文化渗透"为一体，潜移默化，影响他国人群的生活方式和思想观念，强化论证美国的世界领导者地位的"软权力"手段、制度模式。

中华文化曾领先世界1800多年，于近代200年末落。直至现今，中国政治、经济方迎头赶上。有一段时间，西方媒电时时散播未来世界定于一，中国将压倒其他霸权，独擅胜场。

我以为，此一不必是定于政治上的统一，应是文化上的高度融合。政治代表国家的独立和主权，经济则是提供政治和军事的保障。文化作为国家"软实力"的核心部分，是大国竞争的最后战役。"软实力"不强的国家，即使在"硬实力"战争中获胜，却无法赢得他国认同。只能成为"大国"，而永远不能称之"强国"；只能沦为"霸道"，而达不到"王道"。美国希望"霸化"、"西化"整个世界，但东方不要，中国更不需要"西化"。中国要"化西"，要"三化"全球。一为"教化"，摆事实、讲道理，理性教育；二为"感化"，谈感情、建友谊，感性打动；三为"文化"，以文明吸纳更新，兼收并蓄，拥有西方"先进价值"之余，亦有东方"有容乃大"的胸襟。

古曰，"如有王者，必世而后仁"、"苟正其身矣，于从政乎何有"。中国，你准备好了吗？

今天，中华文明，"老子再化胡"，重返世界！

载《明报》2011 年 8 月 19 日

"文化沙漠"与"沙漠文化"

近来在内地参加了一些文化论坛，当中很多人认为，香港是"文化沙漠"。这或许言过其实，但让我想起了"沙漠文化"。

文化含义广泛，包罗万象。既泛指人类在科学、艺术、教育、精神生活等方面的成就，又与时代历史的过程及政治经济的影响密不可分。因而是在不断变化中被构建出来的，在不同的世纪年代、不同的国家地域、不同的社会团体，显现不同。文化的核心，完全落到了价值观与传承两方面。

一般将"文化"与"沙漠"相提并论者，也多为文人墨客。关注的话题，无非着重于文学艺术创作与文化遗产。自然，文化绝不仅限于此。香港文化遗产寥寥无几，本土文化也称不上繁荣璀璨。有识之士，一直都在努力。过往，知识界的唐君毅、钱穆、徐复观，挽文化狂澜于既倒；金庸、梁羽生、倪匡、亦舒、李碧华等作品，都曾影响全球华人；李翰祥、李小龙等的电影，更是中国电影文化的奇葩；今天，香港每年仍有1000多场文化活动。可惜的是，大部分都流于表面形式，难令真正的价值观落地，无法吸收传承。

香港有"文化"，既是东西荟萃、文化多元，也是浅层杂交，没有核心凝聚，精英、精粹犹如过眼云烟，飘来却留不住，灌溉不了；香港是"沙漠"，文化苗多种子稠，今天你浇水他培土，明日她来大曝晒，势力盘结，人人各为政，散沙一盘。大风一吹，各散东西，何来孕育；香港文化纵有种子，无奈终究埋没在结构松散的沙壤里，长不成根，也发不出芽。

所以，香港的文化一直是过客带来的短暂天堂，却不曾是绿洲上栽出的长青树。香港人不喜欢谈论过于抽象的东西，纯逻辑、形而上的、玄虚的话题，勾不起他们的兴致。他们关心自己身边，看得见、摸得着的现实生活。没有国家，没有民族，分辨不出什么是美学的历史主义或者理智主义，什么是"理性批判的自由主义"，亦或"爱国不需理由的民族主义"……

　　"沙漠文化"，却是人类伟大的奇迹。我曾经认真归类了"沙漠文化之五观念"：一为"时间观"，每天同一地方，日出日落，一生守望着太阳过日子；二为"距离观"，"沙漠"浩瀚如江，一望无际，没有了尺、丈的换算，只有眼睛触及的地方，才算是大小的衡量；三为"大自然观"，面对风雨雷电、季节的变化，身体直接感应冷暖饥寒，对大自然永远怀抱一颗敬畏之心；四为"价值观"，真正的沙漠中，视金银珠宝、物质金钱为粪土，最珍贵的莫过于水和食物；五为"人生观"，人生天地，茫茫宇宙，人如微弱浮尘。生死不过如此，活一天，算一天，只争朝夕。其中蕴涵的，反倒是人类最原始、最单纯、最人性的价值观。人生，大自然，可谓"天人合一"。甚至于，世界观与时间观，也吻合一体。

"道可道，非常道。名可名，非常名"、"有名，天地之始；无名，万物之母"。算下来，我们何尝不是兜兜转转，又绕圈绕回"沙漠文化"呢？

香港要告别"文化沙漠"，迎来"沙漠文化"。不过，香港是海港，没有沙粒，有的只是海洋。其实，真正的"海洋文化"与"沙漠文化"，却是异曲同工。相信中华文化，也该由平原的农民文化，回到"沙漠"，"出海过洋"了！

载《明报》2011 年 9 月 2 日

蓝蓝的海，蓝蓝的梦

我喜欢海，沉迷、执着而不可自拔。

我更喜欢与人谈海。可提起海，许多人印象中径直跳出蓝天碧浪，阳光沙滩，游艇白帆，美味海鲜，身穿各色泳衣的男女老幼，休闲惬意，慵懒浪漫。忍不住一声长叹，旧日中国，"率土之滨，莫非王土"，衰落在海里；今天这种被肆意文学化、诗意化的时髦符号与海洋观念，又直接误导了多少人对海洋文化的认知。

人缘于海，来自海。海洋文化，系于海洋而生的文化，人与海洋的互动关系及产物。也即人们对海本身的认识、利用和固有海洋而创造的精神、行为、社会与物质的文明生活内涵。既囊括航海的工具，又与民族的航海实践、生活习俗和思维方式密不可分。海洋占地球表面的71%，总面积约3.6亿平方公里，海底资源是陆地的百倍；中国自古"负陆面海"，版图含有960多万平方公里的陆地国土面积和所辖之渤海、黄海、东海、南海等四大海域，以及沿海各岛屿、礁石在内的300多万平方公里的海洋国土。海岸线总长3.2万多千米，居世界首列，可谓天然的海陆大国。但中国主流从来都不是海文化，中国古代文明的发展，予海洋得益不多。中国从未背弃过海洋，郑和七次远航，却从未用心亲近、关注过海洋，近代真正的灾难也恰来自海洋文明。

放眼世界，西方强国的兴起，无一不是通过海洋。纵观中国改革开放三十年，沿海地区潮奔浪涌，跑得最快。温州人、广东人、福建人，遍迹世界，冲刷全球，卷起千堆雪。当中，尽管存在各种各样的原因，但有一点不容忽视，那就是靠海为生的民族与群体，海洋赋予了他们独特的性格与精神理念。

我称之"鲨性"，姑且归类为海洋文化的核心价值观。

一是开放流动性，海洋浩瀚壮观、无边无际、无国无界，海天一体。鱼在哪人在哪，人如海鲨，见血跟踪。没有局限束缚、崇尚自由，不断吸取外来物质，又不断向外拓展，有力促进了文化和思想的开放；二是冒险进取性，海洋变幻多端、奥秘无穷，充满着神秘与希望。人一入海，即意味着挑战，生命听之海、任之风浪、重在淡水，崇拜力量。敢为天下先的征服欲望，培养和激发了人的创新和进取精神；三是多元包容性，沿海一带，人口少，全靠捕捞糊口度日。海上孤独，结伴聚集，互相关照，容忍他人共存竞争。为了取得优势，就必须设法发展，以发展求生存。无形中促发了多样性，多样性推进了竞争，而竞争又保持了个性与独创性。因而，海洋让这群追"海"、不怕"海"的人，走得更远，率先拥抱着更广阔的天地。不管你在东方，还是西方。

梁启超说，"海也者，能发人进取之雄心者也。彼航海者，其所求固自利也，然求之之始，却不可不先置利害于度外，以性命财产为孤注，冒万险于一掷也。故久于海上者，能使其精神，日以勇猛，日以高尚。此古来濒海之民，所以比于陆居者，活气较胜，进取较锐。虽同一种族而能忽成独立之国民也"。我不知道，在这个地球再也没有了无阻力扩张的基本空间后，当中国最后一撮黄土被刨干后，中国人会不会集体反思曾经因漠视海而丢掉的财富与遭受的苦难，寻回那文化中缺失的"海基因"？

　　一切皆如戴旭先生所呼喊，"开天辟海，再造一个蓝中国"！

　　蓝蓝的海，蓝蓝的梦。

载《明报》2011 年 9 月 9 日

海盗·英雄

香港的老故事很多，我始终念念不忘的是张保仔之传奇。

张保仔是海盗。19世纪，纵横南中国海。因谋略过人、处事有道，称霸珠江三角洲。清嘉庆中叶为其海盗团全盛时期，徒众数万，大船800艘、小船过千。常年活动于珠江出海口的香港大屿山一带，专劫洋船、官船和粮船。更以香港为根据地，开荒生产，与海外华侨通商、贸易往来，促使人烟荒芜的香港岛逐渐兴旺发达，居民达20多万，人称"第二郑成功"。并经常集结大队，抗击侵犯中国领海的葡萄牙、西班牙、英国、荷兰等国船舰，曾一次击沉葡萄牙海军18艘战船。自此，殖民者提起张保仔，无不胆战心惊、咬牙切齿。

应该说，那时张保仔在大航海和殖民地拓展的跑马圈地竞赛中，凭借海盗团多年积累的海上技术、海商网路以及毫不逊色的军事能力，一次次斩断了各殖民者伸向中国的黑手。张保仔，也是英雄。

可悲的是，张保仔的背后，是政治极度短视、长期"闭关锁国"的清朝政府，"举世颠倒，故使豪杰抱不平之恨，英雄怀罔措之凄，直驱之始为盗也"。清廷不惜联合英、葡海军共同围剿，结果联军却屡战屡败。后来，新任两广总督张百龄改变策略，立"禁绝岸奸策"，同时亦派能言善辩之人劝降游说。张保仔屈从"大义"，投降了。但其内部反对者六七万人，偕同大小船只千余艘，留在香港，坚持不愿归附。最终走投无路，纷纷扬帆菲律宾、北婆罗洲、马来西亚等地。这是四邑人近代在契约华工出现之前，流向海外最多的一批华人。

扰攘一时的海盗风波终于平息了！但清廷并未因此意识到国家海上力量的薄弱，重用张保仔，反因一时的平静自喜狂妄，陷入虚假的安全幻觉。在日后再受外来海上军事挑衅时，竟束手无策。仅有的一次对外大海战，也以全军覆灭载入史册，直接导致中国最后一个封建王朝土崩瓦解。

我每每想起，心中犹如山呼海啸。为什么西方的海盗可以在强国富民中发挥积极作用，永远被奉为英雄、流芳百世？不仅变成国家崛起的排头兵、拓殖扩张的先驱，而且引领海军以"反海盗"名义对外不断拓殖扩张？西班牙对第一个完成环球探险航行的海盗斐迪南·麦哲伦，举国敬仰；英国给海盗枭雄法兰西斯·德雷克封爵士授"上将"，统领海军打赢1588年英西海战；美国把"国家海盗理论"的创始者马汉，尊为先师……然而中国那些骁勇善战的海盗，不仅没有报国保民，反倒死无葬身之地，迄今仍羞于提起？

张保仔之流，泱泱十三亿国人中，又有几人知晓？中国正史及官方评传，有梁山好汉，可从无海盗。唯一宣传的伟大航海家、和平使者郑和，中国第一位世界航海者，其实出海主要肩负着追缴前朝政敌的使命，归航时也只不过成了外交使节。

假若海盗是海洋文化中最精彩的民间解读，那么中国人原本可以超越，或者至少同步于西欧的海洋国家，而获得在海洋上更广阔的空间。可是，中国是一个从心底里藐视、谴责扩张的国家和民族。几千年领先的华夏农耕文明，保守、排外，重内治，乐内耗、内战与内斗。一次次的内残自戕，消灭了海盗，也销蚀了中国海洋上空不时闪现的那灿烂而短暂的蓝色辉煌。

唐太宗李世民说，"以铜为镜，可以正衣冠；以古为镜，可以知兴替；以人为镜，可以明得失"。今天，当中国最多的外交烦恼,几乎全部与海有关时,回望历史,我们又该做何感想?

张保仔们,他们究竟海盗,亦或英雄?

载《明报》2011 年 9 月 16 日

瀑布对我说

世间有很多种声音，每日相互辉映，如同一首首交响曲，流动在蓝天白云之下。人在都市待久了，仿佛生命最美妙的声音只在乎山水之间也，在缥缈云峰聚的深谷里，在潋滟晴方好的水波内，在喷薄灿烂的笑声里，在粉墙黛瓦的古镇小巷中……一切，那么的悠然自在。

我喜欢聆听。特别是对于水的话，内心始终怀有一份特殊的感情。也许因为，水至纯、至柔、至性、至善、至美而又至刚的本性。多年里，跟随邵逸夫先生每年九月内地夏末一游，走遍万水，踏过千山。我震撼于长江的涛、黄河的浪与钱塘江的潮，感叹于黄山的奇松、华山的险峻和泰山的云海，惊讶于西子湖的秀美、梅雨潭的翠绿与月牙泉的清灵，沉醉于陶然亭的红叶、莫高窟的雄壮和岳阳楼的耸拔……无数景象从眼前淌过，然而每到一处，我总是习惯先于找水，或一汪湾海湖泊，或一条江河溪流。有了水，整个世界似乎都沉寂下来了。一种无与伦比的宁静，从心底缓缓流过，无声无息，悄然滋润着心田。

今年，没有大山，没有古迹，只有大大小小的瀑布。众人从贵州黄果树瀑布，一直穿行到了陕西与山西交界处的黄河壶口瀑布。别样的壮观，不同的气势，一样的震天动地、摄人心魄。有人感念黄果树瀑布的美不胜收，情不禁回味起明代徐霞客的赞叹，"捣珠崩玉，飞沫反涌，如烟雾腾空，势甚雄伟；所谓'珠帘钩不卷，匹练挂遥峰'，具不足以拟其壮也，高峻数倍者有之，而无从此阔而大者"；有人看到黄河瀑布洪波怒号、激湍翻腾，大声吟念着唐朝李白的旷世绝句，"黄河之水天上来，奔流到海不复回"。每个人眼中、心中，全都充满了水。围在水边，绕在水旁，欢呼，跳跃，拍照，合影，渴望凝固美的一瞬，完全忘记了年龄与时间。我却一下车，远远地就被瀑布的声音吸引住了。

我抛开人群，呆呆地径直追寻着那瀑布的声音。瀑布啊，瀑布，你想说什么？你要说什么？你会说什么？循着声，我越走越近，紧紧地挨着警戒线，一动不动，静静地听着。黄果树的瀑布，声音清脆有力，劈里啪啦，如串珠跌落玉盘；壶口的瀑布，声音雄浑、咆哮，山鸣谷应，形如巨壶鼎沸。这些声音，我寻寻觅觅，以前竟从未听过。也不知经历了多少岁月的打磨，才铸就了今天这般从容浩荡的音符频率。

瀑布的声音，不断在我耳边激荡。它呐喊着，如狮吼虎啸，犹万马嘶鸣，穿云破雾。是将千年万年的日月风雪劳顿抛洒干净，还是把中国人160多年的苦难郁闷一泻而下？它歌唱着，从巨石岩缝中冲出，化作一条巨龙，昂首翻山越岭，向前，向前，再向前。是中华民族凤凰涅槃，毁灭一个旧我、走向新生，还是中华文化生生不息、历久弥新的辉煌？它诉说着，沧海桑田几变迁，人生有限，自然无穷。是神州大地政权更替的见证写照，还是"水可载舟，亦可覆舟；逆水行舟，不进则退"的民生警示？……

　　我陷在若水的境界中，陷在瀑布的声音中。任水雾打湿衣衫，也不忍拉开距离；任水声振聋发聩，也不愿错过这分分秒秒的相惜相知；任每一种感觉席卷而来，又奔腾而去。心回归为零，复又原始，清新而自然。

　　水天茫茫，听水读水，意味深长。倏然明白，瀑布的声音，其实就是泱泱中华的千古血泪史，诉遍了中国人的哀叹与苦恼，道尽了中华民族的期盼与力量。

　　不知不觉，泪流满面！

　　　　　　　　载《明报》2011 年 9 月 23 日

"十一"国庆日

又至"十一"国庆日。

不知不觉，时光的渡船，从 1949 年 10 月 1 日，穿越了两万两千六百三十多个日子，穿越了大江南北，又回到起点，重新开始轮回。

这是 2011 年 10 月 1 日，想起 62 岁的中国，想起这一年的中国，我的心弦忍不住地颤动。

五千年的古文明，160 多年的辛酸路，62 年的大激荡，30 年的大变局，中国已然回到世界舞台的中央。当中，渗透了无数人的血与泪。160 多年前，仁人志士救亡图存，远渡重洋，寻求中华振兴之道；建兵工厂以御外辱，建学校以期未来，建报馆以开民智；西风东进，"德先生"与"赛先生"的冲突，打散了五千年的传统观念与标准，弥漫影响了中国整个 20 世纪。62 年前，新中国建立，随之而来的大跃进与"文化大革命"，浮夸风起，资源耗尽，举国贫穷，民众被绑架成为一系列现代化运动荒诞剧的道具。30 年前，改革开放释放了个体能量，人民渐得温饱。19 年前，胆子更大，步伐再快，民间沸腾，创造了世界经济的奇迹。中国与世界，从来没有像这样，如此之近；从来没有像这样，对话如此之多。

　　这一年，中国 62 岁。我们祝贺，中国迈向了自近代以来最接近实现民族伟大复兴梦想的历史关口，成果丰硕。国际峰会一言九鼎，东亚地带一枝独秀，经济继续一骑绝尘快速向前、跃身全球第二。世界，终于看到苏醒的东方巨龙，再次昂首腾飞。我们纪念先贤的付出，感慨长期奋斗成果的来之不易，因而一步一个脚印，更为小心、谨慎与保守。政府"十二五"规划出台，推出各项措施，改善民生，完善社会保障制度，打破城乡壁垒，由部分人先富起来，奔向全民富裕小康。

这一年，房价降而又涨，股市红了又绿。欲望浮现，热度翻腾。有人欣喜，有人踌躇，有人叹息，楼宇预售房前依然排着长队。微博遍地开花，群众反腐所向披靡。从"我爸是李刚"到"红十字商会郭美美"，从教授抄袭到砒霜馒头、毒牛奶、塑化剂，从新疆的暴力事件到全国各地的矿难、高铁事故，局部领域的失范频频示警，道德重建迫在眉睫……我们亟须规划，分清眼前的障碍与毒瘤，莫让物质的丰盈冲晕头脑，将民族积蓄毁之一炬。

这一年，历经波折，潮起潮落。这一年，我不停地问自己，这是怎样的一个中国？

此刻北京街头，举目红色，人人喜气洋洋，准备节日长假。我却再也无法抑制忧心，任泪水夺眶，痛苦并快乐着。这是一个越来越融入世界大潮，但又相伴着许多国际刁难的中国；这是一个前途一片美好光明，但路途又充满莫测荆棘的中国；这是一个背负沉重历史包袱，却又始终顽强向上生长的中国；这是一个表面强大、硬实力愈来愈好，却内在精神文明错落缺失的中国；这是一个全社会被各种欲望深深搅动，但同时又发自内心地渴望和谐、正义与真实幸福的中国……

这一年，中国62岁。放之漫漫五千年的古文明，犹如初生婴儿。比之曾经160多年的辛酸路，一半也不够。它承载着代代中国人的期盼，穿越了时代的沧桑，经历着中国的巨变。毕竟，摸着石头过河，谁都很难想象，一脚下来，明天会变得怎样？"天下兴亡，匹夫有责"，前方的路还很长，革命尚未成功，同志仍需努力。

所谓，"一年之计在于春，一日之计在于晨"。今天，欢庆节日，可究竟欢庆什么，我们知道吗？

载《明报》2011年9月30日

为何纪念"辛亥革命"？

　　1911 年 10 月 10 日，武昌城头的枪声，在中国历史舞台画上了浓墨重彩的一笔。不知不觉，距今整整一百年。曾经漫天的战火硝烟，早已散尽无踪。独每年临近，总有或大或小的庆典纪念。

　　今年，颇为隆重。然而我所好奇的，我所琢磨的，我想表述的，恰是这段过往历史中精神性的存在，至于真相到底如何，反而不重要了。这个世界，永远不是"前人负责革命，后人负责纪念革命"那么简单。我只渴望，寻找、追问、反思一百年来，中国与中国人的变，与不变，以及将变。辛亥革命，究竟留下了什么？我们，为什么纪念？

　　我以为，一切必须循着盘点辛亥革命，探索上下三百年。了解辛亥革命之前的一百年，深省辛亥革命发生后的一百年，以及从今天开始研究未来的一百年。

　　第一个百年，从 1811 年至 1911 年，中国百年积弱。

清人自入关伊始，奉行闭关锁国。不单生产方式滞后，且中国传统文化也慢慢失去活力，种种恶劣风气逐渐养成；文官制度，也亦败坏。到 1840 年前夕，无论文化与国力，清朝皆疲惫衰退。两次鸦片战争，割地赔款，整个国家沦入半殖民地半封建深渊，饱受几千年闻所未闻的耻辱灾难，长期领先世界的中华农耕文明没落谷底。中国人觉醒中，不得不改革自身，追寻中国的现代化之路。不仅学习西方技术，而且模仿西方政治制度。洋务运动、戊戌变法，从头至尾，却没有人认真思考中国的真实状况。接连的失败，使"辛亥革命，只是一棵大树在完全蛀空的时候，轻微风吹草动都会将大树吹倒"。

第二个百年，从 1911 年至 2011 年，中国百年复兴。辛亥革命一举推翻帝制，草创共和。可惜又乱象丛生，革命、立宪、共和、复辟诸多势力，或合纵连横，或孤注一掷。只打下了半壁江山，其他归顺与袁世凯，革命不彻底，既成功了、也失败了。中国政治改革开了头，却进行了一半，带着遗留的大尾巴，至此开始长达三十年的军阀混乱时期，中国人继续革命。1919年，五四运动爆发，走向对政治制度、社会制度以及文化形态、价值体系、意识形态的全面转变和彻底改造，欲将整个西方文化成绩移植到中国的文化土壤上。五四运动打破了传统观念与标准，却对文化核心问题没有一般性的自觉，无法提出自觉的要求、目的和指导原则。20世纪中国的几乎整个历史，都笼罩在五四精神有"醒"未"觉"无"悟"、"破"而不"立"的深远影响之中。

1949年新中国建立，中国政治改革终于完成，社会制度大调整。中国人仍在"旧"被打破、"新"未成型的社会文化背景中，全力追求经济、政治等"硬实力"的大翻身与国家现代化的表现。1979年改革开放，朝着有中国特色的发展道路，开创经济新局。2011年，中国经济继续一骑绝尘快速向前、跃身全球第二，中国崛起。这一百年，其实就是中国现代化发展之路的一百年，也是五千年中华文化饱受西方文明冲击之后，所积聚爆发的一个自我更新过程，与"苟日新，日日新，又日新"强大生命力的与时俱进。

第三个百年，从2011年至2111年，中国昂首腾飞。今天，回望历史，我们深切缅怀那些为民族独立、国家振兴和社会进步而披荆斩棘、抛头颅、洒热血的革命先行者们，难忘他们的实干精神、牺牲精神、民族精神与爱国精神。一百年过去了，社会进步，国家中兴，我们已然经过了两次政治革命，可文化制度的重建，依然没有开始。中国向着民有、民治、民享的目标，发展了几步？民众要参与公共生活、要有公共精神、公共道德的理想，又走了多远？"适乎世界之潮流，合乎人群之需要"，纪念辛亥只是一个回顾，整顿自己、明晰脚下、认清明天，才是开拓未来的重要契机。

此刻，不禁想起胡锦涛主席前不久的讲话，在本世纪上半叶，中国要完成两个宏伟目标，"一个是在中国共产党成立一百周年时全面建成小康社会；一个是新中国成立一百周年时建成富强、民主、文明、和谐的社会主义现代化国家。"更想起孙中山先生《总理遗嘱》中所言，"革命尚未成功，同志仍须努力"！

所谓革命，革命，无非改革落后，清洗过往，重建、赋予新的生命。一百年前，辛亥革命改"革"了，可没有立"命"。"命"在哪里？"命"就在当下！

载《明报》2011 年 10 月 7 日

秋 日

　　早晨，推开窗户，一股幽香飘然而至，似菊花，又好似桂花夹杂着丝丝海棠的芬芳。几株枫树也一夜之间恍如蜡染，红得夺目。不知不觉，又一个秋天悄然无息地来了。

　　我喜欢秋日，喜欢带着一丝惬意、一种释然、一缕寂寥的心情，独自漫步在远离喧嚣的僻静小路上。秋风瑟瑟吹过，一片又一片的叶子，晃晃悠悠，轻盈飞舞，宛若万千蝴蝶掠过。不由张开双臂，闭着双眼，任风儿轻抚着肌肤，吹散一缕思绪，吹远一身尘埃与烦忧。蓦然，一片树叶落到了头上，颤颤巍巍，刚想伸手抓住，却一瞬滑落地下。那是秋日的落叶。我弯下腰，小心翼翼地将它捧在手心，细细打量。叶的脉络清晰可见，娇小的身躯蜷缩着，一耸一耸，仿佛一个璀璨的笑脸。我心一凛，好想永远珍藏这份生命的图腾。岂料未及反应，"哧"

的一声，倏然又被风卷走，忽上忽下，不停地翻飞盘旋。末了，竟无影无踪，只留下我无尽的感叹。

秋日，落叶，或在某些人眼中毫无意义，却蕴藏着大自然最简单的真理哲学，万物循环往复，生生不息。它一生虽甚为短暂，可亦有其独特的历程，也曾年轻过，辉煌过，平凡而壮丽。少时很美，碧绿如茵，光芒万丈。天天站立枝头沐浴阳光，看日出日落，与风尽情摇摆起舞，随雨嬉戏成长，陪花儿骄傲歌唱，快乐而无忧无虑地生活着；长大了，绿色不再，逐渐泛黄。身边的花儿已熏化成秋天的果实，沉甸甸地压在枝头。一片成熟了的叶子，即将坠落，面对死亡；坠落了，身躯干涩枯黄。随风在空中四处飘荡，看见了枝头上不曾看见的风景，也看到了下一个去处，腐烂，化作营养，融于大地，体悟生命的最终含义。"落红不是无情物，化作春泥更护花"，世界，人生，又何尝不是如此？

秋风挟着落叶，沙沙作响。我好像看到了快乐的少年，天真烂漫，懵懂莽撞，有无尽的勇气与无穷的幻想，敢做一切想做的事情，冒一切敢冒的险；我看到了朝气蓬勃的青年人，勇猛无畏，为现实迷茫彷徨，为生活奔波忙碌，为理想热烈激进；我看到了日益成熟的中年人，青春不多了，却有了沉淀下来的余韵、自信与坦然，少了浮躁、功利与幽怨。在秋日，思考人生的轮回，思考曾经的希望与努力、成功与失败、喜悦与哀愁，懂得了珍惜与放弃；我看到了老年人的淡定、慈和与微笑，静静地坐观花开花落、云起云卷……世事茫茫，人生匆匆，每个人都是季节的过客，历史的小人物。

我慢慢地走着，亦看到了五千年的中华文明，吸日月之精华，依四季之变迁，滔滔不绝，奔涌向前；更看到年轻的新中国，自五千年沧桑后的感悟、160多年磨难后的成熟、100年革命后的回顾、62岁阅历后的修炼、30年改革后的积聚，审时度势，孑然有序，一步一个脚印，在秋日再一次整装出发。

"道生一，一生二，二生三，三生万物"，秋是丰收的喜悦、成果的盘算，是更替轮回的伤感、回顾，也是承前启后的激励，更是充满魅力的人生。我在秋日，看世界，看中国，看平凡的人生，看完美的结局……

秋到冬来春又至，我在期盼明年的秋天！

载《明报》2011年10月14日

讲"关系"的中国人

　　昨天，会见一群美国学者。闲聊中，有位教授问起了中国人的"关系"。他说，自己研究中国问题已经多年了，可至今仍费解头痛，说不清楚究竟什么是中国人的"关系"。

　　我不禁一笑，"关系"的确是中国社会一个微妙而无法绕过的有趣话题。莫说外国人一头雾水，实际上很多中国人也未必讲得明白。与强调独立和抽象人格的西方文化不同，中国文化向来强调由社会关系定义的人。一个人，最重要的是自身对其他人的所作所为，都应当符合这种社会角色的期望。亦即，表现在对传统五伦（君臣、父子、夫妻、兄弟、朋友）的护持和对八德（孝、悌、忠、信、礼、仪、廉、耻）的践行。假若一个人作为父亲的儿子，却不像一个儿子该有的样子，则必然遭到整个社会舆论的谴责。在这种文化氛围之下，每个中国人都好似生活在一张无际的网路之内，其中个人与他人的"关系"，就变得非常重要了。

所以，中国是一个熟人社会，群体先于个体，没有父母族群哪会生出自己。中国人、中国传统文化的价值取向，就是"社会人生"。《周易》中云，"观乎天文以察时变，观乎人文以化成天下"。中国的人文传统、人文精神的终极目标，也是为了和谐社会，完善人生。这也是中华民族五千年生生不息和文化不断的最根本原因，也恰与西方形成鲜明的反差。西方文化则奠基于一个"陌生人社会"，是个体先于群体。个人对于别人没有绝对的责任，包括父母亲人。人际关系仅以法律来界定，人人只为自己。

可惜的是，近代中国百年积弱，被打怕了、穷怕了、饿怕了，一味片面追求物质表面的现代化，致使传统文化饱受冲击。从筹措 30 年的洋务运动，到一夕甲午战争的溃败；从戊戌变法，到"六君子"血溅刑场；从辛亥革命草创共和，到三十几年的军阀混战；从"五四"新文化运动，到改造精神文明、全盘西化，打散了传统的观念与标准，但又未真正提供中国文化的新路向，并未建立一种新的社会风尚与价值观；最后到了"文化大革命"，完全铲除了传统文化在日常生活中的沿袭，很多习俗悄然无踪。年青一代对许多伦理事务，已无从了解认同。

一直到今天，割裂的理念仍然断代，文化制度的重建依然没有开始。中国人在中西两种文化的不断冲突、调和、相互妥协和遮盖之中生活，在纷乱的价值观边缘战斗徘徊，却无法凭借传统而维持某一限度的平稳，只能各随喜憎或情欲本能决定行为。整个社会风气，在精神空虚、文化混乱与无目的之中飘荡。人与人之间的"关系"与角色定位，伴着私欲、人情，放大到了极点。"我爸是李刚"等事件，层出不穷。

一切的发展令人惶恐。我以为，必须重新审视中华传统文化五千年亘古不变的核心价值观，赋予"五伦"人文关系以新的生命、新的演绎，把人与天地、人与自然、人与社会、人与人、人与自身（灵与肉）的关系与和谐，作为至高无上的追求。现在是时候复兴中华文化，更是时候实现国人精神文明了。

我相信，中国文化要走向新生，也必定要在各种千丝万缕、纵横交错的关系中走出来，从而更新理顺、附以新的意义和生命，把"关系"提升到更高的境界。"关系"，从心开始，把我们从一小我成为大我。正是：中华文化，千秋万载；炎黄子孙，四海一心！

载《明报》2011 年 10 月 28 日

孙中山与其革命思想

孙中山先生诞生距今已有 145 年，推翻帝制、草创共和的辛亥革命，距今也亦一百年了。孙先生一生致力于革命事业，领导中国历史变革，是伟大的爱国主义者和民主革命的先驱。

孙中山先生原名孙文，字逸仙，流亡日本时曾化名中山樵，后人惯以中山先生相称。1866 年 11 月 12 日出生于广东省香山县（今中山市）翠亨村一户农家。孙先生小时候已经很喜欢打抱不平，只要看到玩伴遭到别人欺负，定必仗义执言。

革命永不言败

孙中山先生七岁时入私塾接受传统教育，念《三字经》、《千字文》。由于私塾老师只叫学生背诵，而不加以讲解，对这种传授知识的方法，小小年纪的他认为很不合理，要求老师对课文意思加以讲解，使老师感到非常讶异。

1879 年，孙先生受长兄德彰先生接济，随母赴檀香山求学。1883 年到香港，就读于拔萃书室（今拔萃男书院），次年进入中央书院（今皇仁书院）。1887 年进入香港西医书院（今香港大学医学院），1892 年 7 月以第一名的成绩毕业，取得医学博士。毕业后往澳门、广州等地行医。

孙中山先生最初未言革命，尝于 1894 年《上李鸿章万言书》中，提出多项改革建议，惟李鸿章并未理会。失望之余，孙先生远赴檀香山茂宜岛募款组织兴中会。1895 年，孙先生回到香港，会见旧友陆皓东、郑士良、陈少白、杨鹤龄等人，并于同年 2 月 12 日，在中环士丹顿街十三号"干亨行"成立了"香港兴中会总会"，以"驱除鞑虏，恢复中华，创立合众政府"为誓。

三民主义思想

孙中山先生于 16 年内共发动了 11 次革命，由 1895 年策划并发动第一次的广州起义，到其后 1900 年的惠州起义，1907 年的黄冈、七女湖、安庆、镇南关起义，1908 年钦州、河口起义，1910 年的新军起义，以至 1911 年黄花岗起义均没有成功，经历了十次失败后，直到 1911 年 10 月 10 日的武昌起义，才成功推翻清朝政府。

孙中山先生是难得一见的政治家。他不单实际推动民主革命，在政治思想上，也有相当深刻的研究。不论是政治、社会或经济等各方面，都有一套相当完整的规划。

愿见天下为公

"三民主义"是孙中山先生思想的重要主张。三民包括"民族"、"民权"及"民生",而主义则是"思想"、"信仰"与"力量"。

"民族主义"意指一个民族的团结思想。孙先生认为其时中国人的团结力量只能及于宗族或家族而止,还未扩张到国族范围。因而建议学效日本,有民族主义的精神,便能发奋为雄,由衰微的国家变成强盛的国家。

"民权主义"意指人民管理政事的力量思想。孙先生认为民权跟法国革命提出的"平等"相当一致,提倡人民在政治地位上是平等的,打破君权,给人民充分的政权,使人人均有责任,国家便可长治久安。

"民生主义"意指以人民的生活、社会的生存、国民的生计、群众的生命为大前提的思想。孙先生认为民生主义类近大同主义，只要使民生安定，人民便会团结合作，国家自然会安定。

孙中山先生的理想，具有普世永恒的意义，历久常新。他的演讲、文章甚至题字，都值得后世景仰。

孙先生的著名题字，一个是"天下为公"，另一个是"博爱"。这两个精神，贯通古今中西，也是令我们至今都要反省、都要追求的理想。天下为公，出自中国的《礼记》，也接通古希腊的共和主义，说明天下是天下人的天下，孙先生的"三民主义"，即民族、民权与民生理论，也是为了公天下，达致民有、民治、民享的目标。民众要参与公共生活，要有公共精神、公共道德。

共享光明前景

至于博爱，则出自墨家的兼爱与孟子的泛爱思想，也接通法国大革命宣扬的博爱主义。提倡博爱，是要令国人除了小我之外，要关怀大我，要有超越国界、超越种族、性别与阶级的平等仁爱精神，大家有福同享，有难同当。

孙中山先生身处的年代，是颠沛流离的年代，但也是思想开放的年代，充满知识活力与宏大愿望的年代。国族的自主，国土的统一，固然是孙先生的革命目标，但他的愿望是大同世界。他曾经讲过，"一旦我们革新中国的伟大目标得以完成，不但我们美丽的国家将会出现新纪元的曙光，整个人类也将得以共享更为光明的前景。"

载《明报》2011 年 11 月 21 日

二十一世纪的养生

上周，我应邀前往福州参加"第十二届国际易学论坛——易学与养生"，并发表了题为"养生——从'生存'到'生活'至'生命'"的主旨演讲。

法国大文豪雨果曾说，"人有了物质才能生存，人有了理想才能生活。"人不因拥有物质而满足，人以追求幸福美满生活、创造社会财富为理想。生存是一种物质需求，维持肉体的存在及机能的运作，个体重于己身，须与万物进行竞争，适者生存；生活则是生存的提升、理想的归宿，是延年益寿、体魄健全，人际互动和社交关系。若从生命与死亡的角度加以解释，救死和扶伤就属于生存的范畴，而保健、益寿和延年却不一定与死亡有关。世界变化，人类进步，现代社会已非单纯关注"死亡"、"病"、"不死"、"无病"等生死相关问题，人对于健康、医疗卫生及生活质素的要求也不断提升。如减肥、植发、纤体、皮肤漂白、美颜、修甲等保健功夫，精神奕奕、面色红润、中气十足等健康标准，变成了"生活"的一部分。

尽管现今科技发达、物质富裕、生活舒适，人类的寿命依然不长，仍无法确保人人可以长命百岁。于是，生命与福气，常常被人挂在嘴边。一个人的生命究竟如何生生不息、达致长寿、获得永久的福气？

我认为，人必须要从片面追求社交领域中的欢愉，提升到追求精神领域的人生。也就是，人在生存、生活之中，思考人与心、人与天道的关系，透过融入自然规律，探求生命的真正意义。

钱穆先生在《人生三步骤》中，提出"人生必须面对三个世界，第一阶层里的人生面对着物世界，第二阶层里的人生面对着人世界，须到第三阶层里的人生，才开始面对心世界。面对物世界的，我们称之为物质人生。面对人世界的，我们称之为社会人生。面对心世界的，我们称之为精神人生。"
我将其归纳为人生的三种境界，物质的人生、社会的人生和
精神的人生。三者之间既是一种由低到高的递进关系，也是
一种孕育与包容的关系。物质的人生孕育了社会的人生，是
社会人生的前提和基础；社会的人生又包含着物质的人生，
是物质人生的升华；精神的人生既建立在社会的人生之上，
同时又超越了它，达到精神的超脱和解放。人生的三种境界
一步步向上，生命的意义与价值也一步步提高。

　　但如何追求最高层次的人生境界？《易传·说卦》
中云："和顺于道德而理于义，穷理尽性以至于命，昔
者圣人之作《易》也，将以顺性命之理，是以立天之道
曰阴与阳，立地之道曰柔与刚，立人之道曰仁与义。"
也就是说，人要不断格物穷理，透过不断的思考去探索
天人关系，寻求合一之道。

《中庸》中亦曰，"天命之谓性，率性之谓道"。天命之谓性，即人之性由天命得来，合乎儒家所说的，以生命为宇宙本体，人类生命就是宇宙生命的发挥。天命所予你的，就是人之禀赋，这就叫作性。率性之谓道，即率此天性而行便是道，这是一种内省的功夫，人受了此性，这就在人之内有了一份天，即是说人生之内就见有天命，率此天命而行就能够通天人。

　　养生需通天命，就要一知天命，了解天命就必须先读《易经》；二信天命，亦即相信天命；三顺天命，为依天命而行，不滞后也不冒进；四承天命，则是一种对将来的寄托。

　　实际上，我们的生活方式与生活中的各项活动，已体现出人性与天性，足够养生通天命。一般可从"衣、食、住、行"四方面去阐述：衣，穿衣的讲究；食，食物的配搭，茶道、茶艺、茶禅等；住，居住环境的布置；行，不单指行走，主要泛指日常生活的活动。如中国传统的六艺或四艺，或西方的唱音乐、舞蹈、戏剧等，又或道家修炼方法中耍太极、耍功夫、耍八段锦等等。通过这些活动和形式，带出养生的窍门。

养生，不仅要使生命拥有更多的力量，亦即生命力，而且还要生生不息，源源不断。这样，命才能够得以延续和传承。当下，虽然很多以前被视为绝症的疾病，因科学家发明出新的药物及治疗方法，已被攻克治愈。但也仅是"生有限"，要想达至"命无限"，我们就需要更进一步的追求，需要积极进行养生的功夫。

养生，其实就是未来人生之道，是人生的目标，也是人类的追求。更重要的，是人类文明的进步。

载《明报》2011 年 11 月 25 日

"我们，让城市更美好"

"我们，让城市更美好"。这个主题很有趣，强调"我们"，不是"你们"。但"我们"究竟是不是"你们"？1957年，毛泽东主席在莫斯科对留苏学生说"世界是你们的，也是我们的，但归根结底是你们的"，可见"你们"也是"我们"。所以"从我做起"、"从你做起"、"以人为本"，"我们"的行为、"你们"的行为可以让城市更加美好。

城市"以人为本"

有人，就会有社会，从而产生城市；有了城市，就有建筑与公共建设；有了人，整个城市才会"活"起来。人在城市发展历史中，始终立于主角的地位。城市的所有规划与建设，都是为人服务的，是"以人为本"的。有什么样的人，就有什么样的城！有了"有文化的人"，就会有有人文修养、格调高雅的城；有了"有活力的人"，就有动感十足、摩登现代的城！倘若人与城市发展脱离关系，整个城市的轮廓会模糊不清。

一个城市要想变得"美好"，就要有"美好"的人！要有"美好"的人，必须重视人才的培养，重视对人精神面貌的提升。当前，很多人才虽然被培养出来，却被自己的城市、国家所忽视。这些人才，一是流失到其他赚钱更快的行业，二是流失到异国他乡，寻找更多的机会。我们不但要培养人才，更要设法保留人才，让他们在专业领域发挥所长，为城市发展作出贡献。同时，还必须大力吸纳国外的知识分子、专业人才，也要把一些具发展潜质的"美好"的人带到这个城市。怎样才能吸引这些"美好"的人呢？

首先，这个城市必须自由开放，政治稳定，政策透明，资讯、资本、人才及商品自由流通。第二，这个城市必须法规全面灵活，尊重法治精神，政府高效廉洁，重视知识版权保护。第三，这个城市必须海纳百川，包容性强，能够接受各种不同类型的人才，允许异见的存在。第四，这个城市必须拥有包罗万象的文化，鼓励各种不同形式的艺术创作，对各类文化敞开大门。

香港成功经验"活力、激情、多样性"

香港作为亚太地区主要的国际金融、贸易、航运、旅游和资讯中心，是世界上经济最开放、人口密度最高的地区之一。面积仅为 1100 平方公里，却吸纳了来自世界各地不同文化、不同肤色、不同性格、不同信仰的 700 多万人，人均居住面积仅为 8 平方米。大家在这里安家落户，与本土香港人融会交融、共同奋斗，同时亦将自身的文化风俗带入香港。所有的人和事，层层叠叠，仿佛为香港披上了一件五彩斑斓的文化外衣。多样性的生活和多元文化，使整个城市更显活力、精彩有趣。

谈起活力，很多人说香港应该是世界上最具动感现代的城市，香港人是最为忙碌的地球人。为什么会有如此印象呢？是香港人永远疲于奔命、焦急生意的成败、忙碌追赶下一趟火车？跑来跑去、独立独行？抑或为了抢购一部最新款式的手提电话、LV皮包？现实生活中的香港人，不管别人，也管不了别人，总予外人一种急迫紧张、不断打拼、竞争前行的感觉。香港的"活力"，其实就是激情！香港是一座被激情包围的城市，繁华背后尽显香港人的努力辛劳。香港人生活于激情之中，为了自己，为了得到想要的东西，亦为了追寻精神信仰。

激情是一种强烈的情感，是一种锐意进取的精神要素，是一种昂扬向上的力量，是对工作的热爱和执着，是青春、活力的象征。人一旦失去激情，就会变得麻木、冷寂，生命也会显得苍白和凄凉。所以，激情就是人类生命的颜色，更是香港的硬体、香港人为人处事的态度！因为这种激情，使得香港独特有趣、与众不同、生机无限。"活力"、"激情"，多样生活、多元文化就是香港精神、灵魂之所在，亦是香港吸引众多人才奔赴的魅力所在。

未来城市联盟

但随着全球经济、科技一体化，21世纪的竞争，不是产品与产品、国与国之间的竞争，而是文化体系与文化体系、区域与区域之间的竞争。一个人口稀少、地域狭隘的小城市，很难与人口庞大和面积广阔的大都会抗衡竞争。所以，城市之间的联盟，至关重要。一群经济和文化实力相近的城市必须结成联盟。一方面，可以创造一个足够大的市场来促进经济发展，达到产品和服务的多样性；另一方面，也是最重要的一方面，城市的合作将能提供必要的软硬体条件来吸引人才、培养人才。过去，城市联盟通常着重于经济合作。事实证明，在一个文化因素变得越来越重要的全球化年代，单纯的经济合作太过狭窄，我们需要文化合作来拉近彼此距离，使彼此相互欣赏，增进发展，从而令城市联盟更具内涵。

国际竞争中，如果政治和军事实力可以归于"硬实力"的话，那么文化价值就是一种"软实力"。提升软实力，也意味着必须打造一个有创意、有凝聚力、适应性强的城市群。通过文化艺术的创新、古迹回忆的保存以及历史的传承，不断推动城市的全面发展，使之真正体现以人为本，在激烈的竞争中立于不败之地。就如文学大师莎士比亚所说："城市即人。"打造城市文化联盟，汇聚各种人才，使城市更具多样性，更有激情，多方位发挥城市软实力。

城市，因为我们将变得更加美好！

（本文节选自作者2011年"我们，让城市更美好"演讲辞）

易学之理论与应用

　　作为国际易学联合会的荣誉理事长，近来连番出席了多场论坛。从10月洛阳的"邵雍思想国际学术研讨会"，到11月福州的"第十二届国际易学论坛——易学与养生"，再至12月4日闭幕的海南"易学：理论与应用研讨会"。一路走来，易学博大精深，让我为古人骄傲自豪的同时，亦为其今日之传承复兴，充满期待。易学无疑是中华传统文化的一朵奇葩。《易经》更位居中华"六经之首"，是源于古圣先贤们对于人类生存活动的观察和归纳，继而指导人类生存活动、达致人性至于天性的经典古籍。《易经》亦是生活的大智慧，教导人们"变是永恒不变的现象"。在时空当中，世上没有一事一物、一情况一思想是不变的，它们永远是"变动不居"的。但变动的规律，却是有永恒的道理。"变"是一种灵活的机动，但基本的原则却是不可改变。它，就是天性，是宇宙真理，也是我们共有的"核心价值"。

当下社会，物质丰盈，精神浮躁。我以为，《易经》恰似浩瀚大海中的航标灯，指导前路，引领人类文明走出危机；《易经》之"不易、简易、变易"的三大法则，也正好诠释了胡锦涛总书记在"十七大"报告中所提出的"社会主义核心价值体系"的特征。假若中华文化的复兴直接关系着中国的达致富裕、强大与和平统一，那么社会主义核心价值体系的确立则是影响未来中国乃至世界命运的重要课题。

第一，表述要简单。能够以最简练的语言，使得任何人都能轻易明白。我经常喜欢说，中华民族的核心价值，就是"和"。"科学发展观"、"可持续发展"、"建设社会主义和谐社会"等主导近代中国发展方式的思想体系，完全体现出"和"的价值取向，亦成为了中国人普遍认可之共同原则。

第二，中心思想是有其恒常性的，其核心部分是永恒不变的。核心价值不会随时代趋势或流行风潮起舞，永远如地平线上闪耀的星光，一直指引着人们的亲情、家庭、道德规范等。当中的精神价值，五千多年来亘古不变，绵延不息。

第三，实现方式并非一成不变。"核心价值"的应用，应该与时并进。它的体现，实际上就是我们日常生活的体验与经历。只不过，"因时而异"、"因地而异"和"因人而异"。这些差异，是人类面临不同区域、不同时空、为适应现实生活中的种种问题以及为贯彻"天人合一"思想，所产生的总结与经验。非墨守成规，而是不断地吸收消解，以致活力充沛，历久常新。

西方现代化虽然为人类带来丰富的物质文明生活，

却不能解决人类生活的一切问题，特别是精神上的隔膜状态。因此，人类社会必须要重新发掘人性、注重人对于真与善的追求、重视人的价值的思想体系及天命的传承，应当以《易经》之应用作为今后我们的关注重点。

探索中华文化核心价值，解决人们日常生活的种种纷争与矛盾，就要对《易经》作进一步研究、讨论与应用，发掘《易经》的真正力量，并放诸四海，弘扬《易经》的价值观。其实，这也是五千年传统中华文化饱受西方文明冲击之后，所积聚爆发的一个自我更新过程，更是中华文化"苟日新，日日新，又日新"的强大生命力的与时俱进。

载《明报》2011 年 12 月 12 日

从"跪着的"到"站起来"

总理曾讲，中国乃"多难兴邦"。回望过去，中国确是在多灾多难中跌浮成长。

近代史中，康乾盛世，朗朗天朝大国，GDP总量占世界的25%至30%(相比今日中国GDP只占世界的6%)。但随之鸦片战争爆发，各项丧权辱国条约的签订、割地赔款等，使举国内外交迫、士气不振，中国步入有史以来最困厄的时期。

尽管到了1949年10月1日，毛泽东主席向世界宣布全体中国人"站起来"了。但事实上，中国人只是从"跪着的"，诚惶诚恐地"站起来"，正准备踏出第一步，未来的道路依然荆棘满途。中国人"摸着石头过河"，不断地为了国家富强民主、人民生活幸福而拼搏奋斗。一直到了80年代改革开放，中国才开始真正慢慢走向"小康"，开始"富"，开始"强"。

所谓"前人种树、后人乘凉"，可以说，中国能有今日的成就，全靠早期的热血同胞为未来铺平了道路。因此，在新中国成立后60多年的今天，我们既要庆祝这得来不易的瞬间，也要缅怀那些抛头颅、洒热血，为了民族的团结、自主独立和复兴所作出牺牲的先贤前辈们。62年，内地发展迅猛，日新月异。62年，从无到有，从贫到富，从富到强，跌跌撞撞，一路走来，真的不容易。作为一个与新中国同龄的中华儿女，我只有怀着感恩的心，来祝福中国，为过去的62年喝彩。未来的中国更加强！

　　当年留美读书时，每一次出入境或于学校填写若干表格，时常为填写国籍而困惑。我究竟是香港人，英国人，英属香港人，还是中国人？有时，同学间初识，外国人见我一副东方人脸孔，一般都认为我是日本人。有人问我从哪里来，我直言是香港。但若接着又问，香港是哪个国家的地方？我踟蹰在旁，一脸无奈，无法解释作答。

其实，能够光明正大地说出自己是哪一个国家的子民，是非常值得骄傲的一件事。以前，香港人根本无法正视究竟是哪里人。但"九七"香港回归之后，香港人终于能够堂堂正正、明明确确地告诉外国人，"我是中国人！"中国中兴，国家崛起，香港人作为炎黄子孙也感与有荣焉。香港人，也从"跪着的"殖民地子民，变成"站起来"的中国人。

香港与内地的融合是当前的潮流，也是势所必行的。有论述认为，两地关系不能太密切，否则较容易受内地所影响，难以实施"一国两制"。而没有"一国两制"，香港的优势就难以保持，因此香港要面向国际，而不是面向内地。也有人认为，两制间的制度性分别是一种障碍，应加以消除，否则两地难以互补资源（人口往来、资金调动等）。这些纷纷扰扰的论述，看来是互相矛盾，拿"一国"与"两制"对立起来，但其实却根本未掌握到问题的核心。问题的核心，是"一国两制"不单是属于香港的，更是属于整个中国的。"一国"与"两制"不是对立和矛盾的，相反，可以是一个接触点、一个介面，一个缓冲的地区、一个灰色的地带。其真谛在于通过灵活的手段，增进国家的长远利益；透过香港制度的安全缓冲，中国内地可以更顺利走向世界。特别是与香港毗邻的广东地区，走出去的步伐比其他地区可能还要快。

在过去的 62 年，中国在经济和国力发展上已经毋容置疑达到非常显赫的成果。在今后 62 年，我认为中国必须要复兴中华文化。正如一个人的成长，除了是骨骼方面的发育之外，精神和思想也应该与肉体一同成长，精神成长的速度更应该要比肉体成长的速度更快才对。

《易经》中的第一卦是"乾"卦。"元、亨、利、贞"是乾之四德。元者，大也。一个国家最基本的要素是要强壮，幅原大，国力能量也要大；亨者，通也。国力大尚且不足，也要晓得变化，可以能屈能伸、能软能硬、能小能大，生命力才能流畅通达；利者，宜也。要懂得配合外来因素，观察国际间的风云起变，什么时候做什么事，以扮演最适合的角色；贞者，固也。自身是无病无痛，纵使遇到天然或人为灾害，也要有抵抗能力，可以复原得快。固者，亦即把自己的弱点减至最少，亦加强自己的守御能力。

中国的国力发展，眼下还可以说到达了"元"的地步。但"亨"、"利"、"贞"的境界，我们仍未达到。有人说中国人病在精神、病在心灵。要令中国人在精神上也真正崛起来，迎向世界，不怕别人言语或思想间的刀光剑影，复兴中华文化，振奋我们的心灵，就是中国在今后62年必须要做的工作。

上一个62年，中国人的躯壳已长成了，还长得相当的扎实；下一个62年，中国人一定要找回自己健全的魂魄。只有在我们的传统文化中，才能寻到我们的"中国魂"。

载《明报》2011年12月19日

缘 分

岁末，收到了朋友一辑以"缘"为题的冬季问候，感悟良多。他说，"缘，是人间一种看不见的引力，把我们与某些人拉进，也与某些人疏远。"

印象中，年终一般都是回顾、检讨、总结过去、展望将来，难得有人如此来个当头棒喝，恰似寒风中一兜冷水浇头，让你在暮气中突然清醒过来，将众多纷乱的想头定在一个"缘"字。

想想，有些人在中环行走了十多年，几乎朝朝碰面，却从未有过招呼！然而，亦有一些朋友，工作上互相帮忙，惺惺相惜！我竟惊觉，我们从未见面！或者，一切都是缘分！虽然书中讲，有缘的人拆不散，无缘的人撮不合。而人生的困扰往往在于——我们希望有缘的，偏无缘或缘浅，我们不希望有缘的，那个缘却绵延流长。人世总有一些遗憾，一些剪不断理了更乱的无可奈何。如果把这种无可奈何深藏心灵深处不放下来,那生活的头顶上永远罩着一片不快乐的乌云。

人生中的欲望是无穷无尽的,也是因时而异,因地而异,更因环境的变化而不断地更改。我们都愿意看到"欲望"能实现,若然落空了,只能叹一声"无缘"!如恒河沙数的"欲望",能化为直接体验的只是一丝缘分。失望与遗憾归咎于无缘,奈何和惆怅源于因果。

"不让这片乌云遮住头顶的天空,就要凡事随缘。该来的就让它来,该去的就让它去,不向前盼,也不后望,当下就是一切,能放下过去未来,才能活得自在。"过去的,是回忆,是过眼云烟;未来的,是梦想,是海市蜃楼。只有当下才是现在,可以看得见,听得到,嗅得着,尝得了,握得住。现在才是真实的!不用奢望,不用多求,只要每天都活得自在,过得满足,每天过去,每天将来,"现在"才是"真永远"!活得就是当下,当下就是一切!

"把缘分当成美丽的海浪吧！当它涌来的时候，不抗拒，当浪潮退去时，不穷迫苦求，生命中曾有过晶莹的浪花朵朵，已是上天美好的恩赐。浪花毕竟只是浪花，不是可以抓在手上的东西，人间的缘来缘去，又何尝不似浪花，欢笑总是短暂，惆怅却是深远，勘不破世事无常，每一个日子都会过得沉重。"浪花是海浪动力的晶莹，也是随着波浪而消逝。但在澎湃的大海中，浪花无惧于短暂，因为浪花已是大海里无分彼此的一部分了！

　　"感情的壳在诗人小说家笔下虽然甜蜜美丽，但实际生活中如果背上它，其中的酸甜苦辣只有过来人冷暖自知，甜蜜会变成酸楚，美丽尽是无奈。"缘已逝，心不死，一味的不了情，是不智的自我折磨，那样灵魂会憔悴，缘起缘灭，应似如生命中的浪花。得不着的，得不够的，都是一厢情愿的心魔。人之所以是"人"，就是要经历折磨。

酸甜苦辣，是人生的味道，是人生的气味！

"心境要像流水，激起浪花时，流水快乐地向前奔流，浪花消失后，流水的面貌依旧。水最懂得随缘之道，能高能低，能深能浅，能方能圆，能进能退。流水并不是无情，因为它知道虽然浪花不见了，并没有消失，美丽的缘在生命中亦如是，虽留不住，但永远是生命里的一部分，如浪花化成水，是另一种更永恒的相依。"

所以，"缘"是"人"的两面，是人生命里的中轴线，更是人间一种看不见的引力：把有"缘"的并在一起，也不管你喜欢不喜欢；把"无缘"的分离，也不顾你死活哀乐。随"缘"的自游自在，无痛无痒；逆"缘"的惨痛无边，毕生折腾！

今生，能够为一个人惨痛、折腾，也需要"缘分"。

当然，这更是一种"福气"！

以文会友 以友辅仁

刚在美国完成了第八次的"中美对话"论坛，令我想起了论语中"以文会友，以友辅仁"这句话。虽然21世纪与春秋时期的"文"，可以有着截然不同的解释，但精神上是相同，就是人们透过文化及意识上的沟通交流，从而达到彼此了解，朋友间可以精进得益。

往美国举办研讨会前，接受中央电视台访问，提出全方位交流的概念，目的是希望中美双方有更深刻了解。

以文会友

虽然今日通讯科技可谓无远弗届，透过Internet、Youtube和Facebook等等，我们可以知道这个世界；但要打破隔阂，有更深层次的互动，有更深入的了解，始终是面对面，握握手，要来得实在。所以中华能源基金委员会，自2012年起便在美国和中国香港，共举办了八轮"中美对话"，邀请到中美学者、专家及智库幕僚，就两国的核心价值、互信关系、国家定位、多边外交及世界秩序等议题，交换意见，几年下来的成绩亦日见丰盛。另外，很多面孔由陌生渐变成好朋友，交流对象也见多元，令我相当欣慰，希望日后可以继续深化。

以友辅仁

今年也是第二次世界大战结束70周年，我们在华盛顿举办了研讨会，特别向美国各界详细介绍了日军侵华的前因后果和抗日时期的情况，更重要的是讨论战后东南亚的情况与美国有关政策的关系，希望疏理出日后中、美、日及东南亚的未来走向，如何共同走出一条和平之路。这种透过彼此尊重，相互沟通，从而达到更深层次目标，为人类开创更美好将来的做法，正是"以友辅仁"所要达到的。

同途万里人

找心根 我与你 共觅面前大道

互伴上前路 同携寻正道 愿共你同去踏开新丝路

叫同行万里人 迈步莫怕恶风高

我相信 同行万里途 合力自会行对路

凭着龙传下的勇 显实力 觅我遥远中国路

叫同途万里人 迈步莫怕旱海滔滔

以无限坚忍 用全力自创长远大道

凭着龙遗下的爱 开辟万岁千秋中国路

——节选自罗文《同途万里人》

上月在西班牙马德里参加"丝绸之路论坛2015"的时候，突然想起了《同途万里人》，这首罗文金曲，当中歌词跟这个会议，可说是不谋而合。

我与你 共觅面前大道

为什么会想起《同途万里人》呢？因它不单单是纪录片《丝绸之路》，那首家传户晓的主题曲，其中歌词也反映出，中国今日以古丝路为轴心去开创和建设"一带一路"的精神和毅力。我参与这个"丝路论坛"的目的，正是向不同各国解释"一带一路"的构思及合作方式。

"一带一路"就是"和平合作，互惠共赢"

当今世界各国虽然互有矛盾，但整体来说都是以"和平"及"发展"为大前提。如何令大家减低磨擦，"和气生财"呢？我想最简单直接的方法，就是坐下来讨论交流，把各国的观点作深刻的体会。当中成果更为显著的，就是跟各国的脑袋和智库进行沟通。今次"丝路论坛 2015"便云集了三十多个国家的脑袋，大家均得益不浅，为共同建设康庄大道，迈进了一大步。

互伴上前路 同寻正道 愿共你同去踏开新丝路

今日中国的服务及制造业，已经在世界顶峰，不论高中低端均有成熟的生产线和配套设备。反之，很多丝路的沿线国家受限于各种条件，人民生活仍然处于不足的水平，即使是已发展国家，当中也有设施需要改进。中国正希望透过开放合作，用平等互惠的精神，打通丝路沿线国家互通交流的渠道，当中的交流，不单单是物质上，也是文化及精神层面上的。

经贸沟通及文化沟通，也不是单纯于金钱上的流通，参考昔日的丝路，宗教及文化由西域输入，创造了中国的灿烂文化。今日的"一带一路"是希望各国，可以不论在政策及贸易上相互开放沟通，也希望可以在设施及资金上互融互通，从而令各国人民的心，紧扣在一起。

龙遗留下的爱 开辟万岁千秋中国路

"一带一路"提出的时候，总有人怀疑中国是否要当老大哥，我反复向各国智库强调，中国谋的是相互尊重，平等互惠，即大家"咁高咁大"。中国人爱好和平，中华民族是爱好和平的民族，这份爱好和平的民族性，正是要透过新丝路去带出，让世界各国人民去了解体会。所以"一带一路"，是物质，也包含着非物质，是漫长，也是曲折的，但一旦建立下来，中华民族将会踏进新的一页。

载《地平线/Horizons》2015年第4期（原稿为英文）

太阳能孩子

"电"在香港唾手可得，但很多第三世界国家，因没有电网覆盖或电力稳定度不足，人们日常生活受影响之余，在孕妇分娩或手术等危急关头，"能源"却成了维系生命的关键。

联合国大奖

本人担任秘书长的中华能源基金委员会（CEFC），于多年前为鼓励可持续发展及能源的创新使用，特别出资一百万美元，与联合国设立"UN-CEFC 能源可持续发展资助大奖"，以鼓励全球各地以能源改善人类生活的计划，它不单是中国，也是联合国首办的类似奖项。我们不停收到来自全球的计划，首届大奖最终落在美国慈善组织"We Care Solar"手上。

能源拯救生命

巧合的是，We Care Solar 创办人 DR.Laura Stachel，和我都是医生，不过一个是眼科，一个是妇产科。她有感第三世界每年有 29 万妇女因摸黑分娩，导致难产死亡及无数婴儿夭折，于是便发明了"Solar Case"。小小的手提箱，内有太阳能接收板、电池及配电装置，只要简单安装，充电后的太阳能电池，便可以提供必要的灯光及为医疗设备提供电力，让医护人员可在夜间进行分娩时，有充足照明，保障了孕妇及婴儿的生命安全。

"便宜、方便"的太阳能电箱，已在全球一千多医疗中心使用。

中国与世界能源

能源是世界性的，既没有国界也没有肤色之别，我希望透过这些计划与奖项，可以促进彼此之间就能源应用与创新有更紧密的联系，以能源连接中国与地球的每一个角落。

本文节选自 2015 年 9 月 14 日首届 "UN-CEPC 能源可持续发展资助大奖" 颁奖典礼致辞（原稿为英文）

互联世代与世代互联

2015 年，世界各地纷纷扰扰，看到新闻上的战争、抗议示威、难民及天灾不断，归根究底，都是全球讯息化的快速度下，已经把全球人类联结在一起，电视及社交媒体，把事件即时传送到电话或平板上，我相信 15 年的联结速度，更是到了临界点，人类今后走向互联网造成的包围圈，只会越走越深，越走越远，不论生存，抑或生活，也离不开信息、数据和互联网。再者，互联网下整个社会的经济、文化、生活发生大转型，尤为重要的是，经互联网"凑大"的小朋友，已经慢慢走入社会，影响力正慢慢发挥出来。

2015 年互联网予我的冲击

我向来对资讯化社会的走向十分关注，2015 年 12 月，分别在浙江乌镇与纽约联合国总部，参与了两个有关互联网的研讨会，表达了对国家互联网发展的关注。

电脑技术的飞跃，把很多不可能转成可能，国家发展的方式，也从此变得到不一样。我在联合国发表有关议题时，更特别强调国家在这方面的发展方向。

回想 17 世纪蒸汽机问世时，那刻的人类透过不同方法及交通工具，开始与世界不同角落的人，彼此接触。今日，人类透过互联网及各类社交平台，冲破地理及语言上的隔阂，不分彼此地连在一起。好处是世界各地人民进行多元化认识，促进各界了解。但相反，各地恐怖分子及激进团体，把无远弗届的通信网，变成自己的动员工具，透过社交媒体及精心制作的影音片段，招募各地的年轻人加入其恐怖组织。不幸的是，这群被感召的年轻人，许多正是互联网婴儿。

我在乌镇论坛提出，新的互联网经济对能源的依赖比以往尤有过之，如何把能源用得其所，或是透过科技提高其效益，将是人类的一大挑战。

信息时代的变与不变

另外，内地及世界的互联网发展，当中速度之快，也令人意识到，传统商业模式的变革，已经势在必行。我在纽约向各界介绍了内地的"互联网＋"行动，以云计算、大数据、物联网等科技，把工业、农业、商业及金融等领域紧密融合，以提高生产效率与支援创新力，进一步减低成本，实现经济及社会转型，从而把国家经济推上另一台阶。

我认为变的是技术，不该变的是人性；要令人民生活变好，要令人民生活得更舒适。不可以变的是，人类才是科技的主人，而非被数码被互联网所控制，科技应该协助人去发展内在个性，使人类精神文明再向前迈进一步。

数码革命从根本地改变了人类的生活方式，也改变了地球的命运，但人类准备好变革了吗？

人类生活从此被互联网包围，但如何平衡网内网外生活，调整中间的落差与迷失，从而促进社会进步，不独是网民需要关注，政府也要在相关的教育及社会政策上更深远的思考。其实，家人如何透过互联网去互相维系，也是新时代的产物，毕竟时代如何进步，人类也是感情动物，亲情与感情，也是每个人都需要及渴求的。

至于我在 2016 年，可能要多看坤哥，更进一步去了解年轻人的想法了。

本文节选自 2015 年 12 月 14 日"联合国信息社会世界高峰会议演讲辞（原稿为英文）